重庆市脱贫攻坚
优秀文学作品选

谭岷江 / 著

CHUNTIAN
XIANGSHANG

春天向上

重庆出版集团 重庆出版社

图书在版编目(CIP)数据

春天向上 / 谭岷江著. —重庆：重庆出版社, 2021.3（2022.2重印）

（重庆市脱贫攻坚优秀文学作品选）

ISBN 978-7-229-15529-2

Ⅰ.①春… Ⅱ.①谭… Ⅲ.①纪实文学—中国—当代 Ⅳ.①I25

中国版本图书馆CIP数据核字(2020)第241953号

春天向上
CHUNTIAN XIANGSHANG

谭岷江 著

丛书主编：魏大学
丛书执行主编：孙小丽
丛书副主编：牛文伟　杨　勇
责任编辑：孙淑培
责任校对：何建云　朱彦谚
装帧设计：戴　青
封面插画：珠子酱

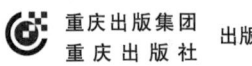 重庆出版集团
重庆出版社 出版

重庆市南岸区南滨路162号1幢　邮政编码：400061　http://www.cqph.com
重庆出版社艺术设计有限公司制版
重庆天旭印务有限责任公司印刷
重庆出版集团图书发行有限公司发行
E-MAIL:fxchu@cqph.com　邮购电话：023-61520646
全国新华书店经销

开本：787mm×1092mm　1/16　印张：13.25　字数：160千
2021年3月第1版　2022年2月第2次印刷
ISBN 978-7-229-15529-2
定价：45.00元

如有印装质量问题，请向本集团图书发行有限公司调换：023-61520678

版权所有　侵权必究

编委会

○ 编委会主任
刘贵忠　辛　华

○ 编委会顾问
刘戈新

○ 编委会副主任
魏大学　陈　川　黄长武　莫　杰　王光荣　田茂慧
李　清　罗代福　冉　冉

○ 编委会成员
孙元忠　周　松　兰江东　刘建元　李永波　卢贤炜
胡剑波　颜　彦　熊　亮　孙小丽　徐威渝　唐　宁
吴大春　李　婷　陈　梅　蒲云政　李耀邦　王金旗
葛洛雅柯　汪　洋　李青松

○ 编　　辑
谭其华　胡力方　孙天容　皮永生　郑岘峰　赵紫东
刘天兰　李　明　郭　黎　王思龙　李　嘉　金　鑫

总序

重庆是一座高山大川交织构筑的城市,山水相依,人文荟萃。这里有鳞次栉比的高楼华厦、流光溢彩的两江夜景、麻辣鲜香的地道火锅、耿直爽朗的重庆崽儿……她的美丽令人倾倒,她的神奇让人向往,她的热情催人奋进。重庆也是一座集大城市、大农村、大山区、大库区和少数民族地区于一体的城市,城乡差距大,协调发展任务繁重。重庆直辖之初,扶贫开发是中央交办的"四件大事"之一。2014年年底,全市有国家扶贫开发工作重点区县14个、市级扶贫开发工作重点区县4个,有扶贫开发工作任务的非重点区县15个,贫困村1919个,贫困发生率7.1%。2016年1月,习近平总书记视察重庆时强调,重庆脱贫攻坚"这个任务不轻"。

让贫困人口和贫困地区同全国一道进入全面小康社会,是我们党的庄严承诺,打赢脱贫攻坚战是时代赋予我们的光荣使命。重庆广大干部群众坚定融入时代洪流,投身强国伟业,拿出"敢教日月换新天"的气概,鼓起"不破楼兰终不还"的劲头,向贫困发起总攻,坚决打赢脱贫攻坚战。在全市上下一心、同心同德的艰苦奋战中,在基层广大扶贫干部和群众的不懈努力下,经过8年精准扶贫、5年脱贫攻坚,重庆市脱贫攻坚取得历史性、根本性、决定性成效。贫困区县悉数脱贫"摘帽",累计动态识别(含贫困家庭人口增加)的190.6万建档立卡贫困人口全部脱贫,历史性消除了绝对贫困,大幅提高了贫困群众收入水平,极大改善了农村生产生活生态条件,明显加快了贫困地区发展,有效提升了农村基层治理能力,显著提振了干部群众精气神。2019年4月,习近平总书记视察重庆时指出,"党的十九大以来,重庆聚焦深度贫困地区脱贫攻坚,脱贫成效是显著的","重庆的脱贫攻坚工作,我心里是托底的"。

习近平总书记在决战决胜脱贫攻坚座谈会上强调,"脱贫攻坚不仅要做得好,而且要讲得好"。讲好脱贫攻坚的实践故事,讲好各级各部门统筹推进疫情防控和脱贫攻坚工作的攻坚故事,讲好基层扶贫干部的典型事迹和贫困地区人民群众艰苦奋斗的感人故事,是广大作家和文学工作者的时代责任和光荣使命。面对乡村的巨变和社会的进步,面对形象丰满的扶贫工作者群像和感人至深的扶贫励志故事,面对许多不甘贫困的普通百姓,面对人民群众美好生活的新期待,重庆广大文学工作者投身脱贫攻坚主战场,用文学创作的方式反映大时代背景下重庆人民在脱贫攻坚战役中的不平凡经历和取得的伟大业绩,记录伟大时代的火热实践,记录人民日新月异的新生活,创作出一批优秀脱贫攻坚主题文学作品,《重庆市脱贫攻坚优秀文学作品选》应时而生。

《重庆市脱贫攻坚优秀文学作品选》是在中共重庆市委宣传部的支持下,由重庆市扶贫开发办公室、重庆市作家协会联合策划的系列丛书。为了讲好重庆的脱贫攻坚故事,创作出有筋骨、有硬核、有温度、有品位的文学作品,重庆市扶贫办组织专班提供了大量典型素材和采访线索,组织专人陪同作家深入一线采风采访。重庆市作协遴选了一批来自脱贫攻坚工作一线的优秀作家执笔,组织创作优秀作品。项目甫立,这批作者或早已投身于脱贫攻坚火热的现实中,或遍访民情搜集创作的素材,或直面基层和一线的真实,积累了丰富细腻的情感。通过他们各自不一样的脚力、眼力、脑力和笔力,一幕幕感人至深摆脱贫困的场景得以再现,一个个人物典型的人格魅力得以张扬,一份份对农村新貌的赞美得以抒发……

《重庆市脱贫攻坚优秀文学作品选》由13部优秀文学作品组成,

体裁涵盖长篇小说、纪实文学、散文和诗歌等。钟良义创作的长篇小说《我是第一书记》,以三个主动请缨到脱贫攻坚第一线的城市青年干部的扶贫经历为主线,展示了重庆脱贫攻坚工作的艰巨性和复杂性,表现了重庆青年党员群体的责任担当;罗涌创作的长篇小说《连山冲》讲述了位于武陵山集中连片特困地区的连山冲村克服重重困难成功脱贫的故事,塑造了脱贫攻坚工作中的各色人物的鲜明个性,全景式地书写了精准扶贫精准脱贫中的艰难与坚韧、痛苦与希望以及从精准帮扶到产业致富的山村发展路径与规律;陈永胜创作的长篇小说《梅江河在这里拐了个弯》以身患绝症的扶贫干部林仲虎在生命的最后时刻依然坚守在扶贫第一线的感人事迹,折射梅江河,乃至秀山县脱贫攻坚工作的艰辛历程;刘灿创作的长篇小说《蜜源》讲述了留学归国青年踌躇满志来到贫困山区创业的故事,讴歌了新时代知识青年的理想追求,展现了新时代重庆农村的人文风貌;何炬学创作的长篇报告文学《太阳出来喜洋洋》通过讲述一个个"奋斗者"的脱贫故事、赞颂"助力者"的全心投入,全面展示了自2014年全国新一轮脱贫攻坚工作开展以来,重庆全域在此工作中的生动景象,并努力挖掘重庆的文化底蕴,彰显重庆人的精神和气质;周鹏程创作的报告文学《大地回音》是他深入重庆14个国家级贫困县和4个市级贫困县采访、调研的结晶,反映了重庆农村特别是贫困山区在脱贫攻坚战中发生的天翻地覆的变化;谭岷江创作的报告文学《春天向上》通过对石柱县中益乡各村帮扶贫困户产业脱贫致富故事的讲述,勾勒出一幅山区土家族人民在新时代努力奋进,积极乐观地追求幸福的壮美画卷;李能敦创作的散文集《别急,笑起来——巫山县脱贫攻坚人物谱》生动刻画了一批来自巫山县脱贫攻坚一线的人物群像,记录了他们在脱贫攻坚战役中的奋斗与牺牲,泪水与欢笑;龙俊才创作的散文集《我把中坝当故乡——驻村扶贫纪实》还原了中坝村扶贫干部与群众在脱贫攻坚战一线,确保高质量完成任务的方方面面,是全国打赢脱贫攻坚战中一个生动的缩影；徐培鸿创作的长诗《第一书记杨丽红》借由对脱贫攻坚战中的女性群体的观照，展现出广大驻村女干部们的艰辛付出和人性中的大美；袁宏创作的诗集《阳光照亮武陵山》围绕武陵山区的脱贫攻坚展开诗性建构，集中反映了酉阳土家族苗族自治县广大干部群众积极投身脱贫攻坚的国家战略，展现了人们面对困难守望相助的内心世界和追求美好生活的坚毅品质；戚万凯创作的儿歌集《我向马良借支笔》，以琅琅上口的儿歌展现脱贫攻坚的生动场面和新农村的美丽画卷，通过生动活泼、富有童趣的形式，传递党的扶贫声音，讴歌扶贫干部公而忘私的奉献精神和乡村群众自强不息剜穷根的精神风貌。丛书还收录了傅天琳、李元胜、张远伦、冉仲景、杨犁民等70余位重庆诗人创作的诗集《洒满阳光的土地——重庆市脱贫攻坚诗选》。这些作品散发着巴山渝水的浓郁乡土气息，晕染着山城文化的独特魅力，不仅凝练了百折不挠、耿直豁达的重庆性格，而且写出了重庆人感恩奋进、誓剜穷根的精气神，总结了重庆在生态、教育、健康、搬迁、文化、产业等方面的典型经验。作家们的创作不回避矛盾，不矫饰问题，以真情与热诚书写贫困地区的变化，把脱贫攻坚故事写得实实在在、有血有肉、鲜活生动，彰显了重庆文艺工作者在脱贫攻坚中强烈的使命感和责任感。

《重庆市脱贫攻坚优秀文学作品选》是重庆广大文学工作者与时代同行，与人民同心，把人民群众的伟大实践作为创作的不竭源泉而锻造出的精品力作。我们希望通过《重庆市脱贫攻坚优秀文学作品选》所传导的精神与力量，能够让群众的灵魂经受洗礼，让群众的精神为之振奋；能够鼓舞群众在挫折面前不气馁、在困难面前不低头；能够引导群众发现自然之美、人性之美，让群众看到美好、看到希望、看到梦想就在行即能至的前方。

丛书编委会
2021年1月

阳光向下，春天向上
两股美的力量在空中拥抱
像礼花一样绚烂绽放
枝头的绿越挂越高，跨越成蓝色
田野的花越开越高，跃升成云彩

鸟鸣在旷野弥漫，比朝霞更柔美
春风和蜜蜂一般辛劳
一个晚上，它就能沿河而上
土地松动，峡谷热闹
一切美好的生命，正在蓬勃向上

阳光向下，春天向上
这是花儿与少年
是竹林里的笋子，黄葛树上的苗子
是最美好的事物
是感恩着的，是奔跑着的
是人间的光，是大地的希望

——《春天向上》

目 录
Contents

/ 总序   1

/ 华溪篇：春天向上

春天，我想告诉你一个新华溪   3
解说记   19
改变记   24
楼主记   29
幸福记   35
"骗"子记   39
拜师记   44
奔跑记   48
新生记   52
巡诊记   57
网课记   60
入股记   64
劳模记   66
捐款记   71
桃园记   74
车间记   78

中益篇：山河向前

跟着春风去看大地的奔跑	85
"懒"人记	93
回家记	98
光明记	102
寻跑记	106
感恩记	112
一天记	115
赶骡记	120
民宿记	123
溪边记	127
社工记	131

石柱篇：大地向美

仰读一朵云的鸟瞰和记录	139
盛世记	148
拄拐记	151
一诺记	156
香米记	160
种连记	163
市场记	166
勤劳记	169
云上记	173
父女记	176

目录
Contents

/ **终篇**   从巴山渝水到神州大地   **181**

           孝悌记   182

           进村记   184

           状元记   187

/ **后记**
用文字拍摄画面是件艰难的事   **191**

华溪篇

春天向上

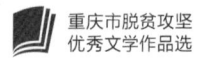

重庆往东，沿江而下，沿着沪渝高速公路而行，便是大山环绕的石柱土家族自治县；

再往东，穿越长7公里左右的吕家梁高速公路隧道，在沙子出口下道，往前行十几分钟，便是中益乡；

再往前行，便是美丽的华溪村。

中益，地处大山深处，境内无数条发源于山顶的溪河蜿蜒流淌，最终汇入石柱县最大的长江支流龙河。在华溪村内，金溪沟河从北边的大山一路奔跑下来，带着原始森林里的许多滴露珠，穿越坡度极陡的左右两座大山，最终在中益乡场所在地进入龙河，继续向前奔跑，在环抱美丽的石柱县城后，又穿越巍峨方斗大山，最终在丰都县城附近注入长江。

此时，我站在华溪村的大地上，正是春天，缺门山上的盎然翠绿烘托着天空的澄净蔚蓝。阳光照射下来，让金溪沟河水面金光闪闪，让路边石壁上的标语"如今党的政策好，我要努力向前跑"显得更加火红明亮。

在我的视野里，阳光笼罩的大地与天空的万物都是向上的，都是在奔跑的。天上的白云和彩霞在奔跑，而地上的万事万物也在奔跑。漫山的鸟语在尽情啁啾，遍野的鲜花在悄悄绽放，辛勤的蜜蜂在嗡嗡飞舞，劳动的人们和来来往往的车辆，都在努力向前跑，让这里的春天充满了无限生气。

一位回到乡村居住的退休老人说，盛世无懒人，人人在奔跑。

而诗人们却说，生活在春天的人，都是幸福的。而奔跑的人，更是幸福的。

沐浴在这温暖的阳光下，我在这片大地行走踏访，随意之间，便能找到一些因为在阳光下奔跑着而幸福的人。春天不仅写在大地上，写在天空中，还写在他们的笑容里和奔跑中……

春天，我想告诉你一个新华溪

春天，我想告诉你，一个不断发展、飞翔向上的新华溪。

且让我先从一场婚宴和一位新郎说起。

2019年夏天，蓝天无云，微风送爽。在石柱土家族自治县中益乡华溪村，一场简单而又喜庆的婚宴正在举行。45岁脱贫户张剑峰迎娶了来自附近乡镇的新娘。

2015年，老张患上了鼻癌，不能参加重体力劳动，妻子和他离了婚，带走了大女儿，留下了小儿子。站在缺门山顶，他觉得面前黑云袭来，所有美好的希望慢慢缩小枯萎，但内心的自卑与绝望却疯狂生长。而今，在党的脱贫攻坚政策关爱下，他的医药费报销90%，病情得到有效控制。张剑峰饲养了5群中蜂，蜂蜜由村企业电商平台代销；将4亩土地租给村级集体经济组织成为"股民"，每年固定领取租金和年底分红；还担任了护林员，每月领取低保补贴，年收入可达2万多元。

谁也没有想到，从孤独一人到再次结婚，从贫困户到脱贫户，从一无所有到年底分红的"股民"，从意志消沉的"等靠要"到乐观向上的主动养蜂，"向前跑"的他只用了短短四年时间，就迎来了梦想中的幸福生活。

提起自己的"奔跑"速度和态度180度的完美转变，老张意气风发地说，前两年只是起步，只是试着转身，"跑"得最快和"转"得最美的，是2019年，"我结了婚，有希望，有奔头，腿上的力气

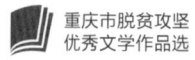

越来越足"。

老张的幸福生活,正体现了近年来华溪村深化"三变"改革、助力脱贫攻坚给广大村民带来的可喜变化。

1

2017年秋天,前往乡卫生院看病的张剑峰站在中坝场石桥上,看到汪云友一行扛着被子、拖着行李箱出现在村头,心里充满了疑问:

"重庆主城来的城里干部,那可是要走好几百里路才能到我们这里呢,会不会吃不了我们乡下的苦?会不会太想家,周末就往家里走哦?"

谁也没有想到,不知不觉间,汪云友和驻村扶贫帮扶干部们一起在这里住了三年。"他们都喜欢上了这个地方。"村民们乐呵呵地说。

……

重庆往东,长江以南;方斗巍巍,七曜峨峨。

地处北纬30度的华溪村,就坐落在方斗山和七曜山之间的龙河谷地里。这里平均海拔超过1000米,群山纵横,溪沟交错,人均耕地少,交通条件滞后,严重影响了村域经济的发展。千百年来,当地村民只种植传统粮食作物,增收渠道单一,经济发展十分缓慢,许多有劳动力的村民纷纷外出浙江、广东和福建等地务工。

2014年,华溪村被列为贫困村,核定贫困户68户220人,贫困发生率高达19.48%。2017年,中益乡被识别为深度贫困乡,为帮助中益乡整体脱贫,重庆市委、石柱县委派出了驻村工作队,由重庆市委办公厅干部汪云友担任华溪村第一书记,石柱县农业农村委、人力社保局、财政局、审计局等部门的5名干部为成员。为了乡亲们脱贫致富的目标,驻村工作队队员们告别家人,背着简单的行囊和生活用具,从将近300公里外的重庆主城赶来,从40公里外的石柱县城赶来，穿越高山下的隧道，沿着蜿蜒的龙河溪谷，扎下营寨，从此便驻进了华溪村。

尽管在出发时，大家对贫困村有一些初步印象，也有较充分的心理准备。但是，刚到华溪村时，村里贫困落后的现状仍让他们十分震惊：

大多数村民住房简陋，几乎全是木房，厕所与猪圈连在一起，卫生条件差。

地表蓄水难，部分村组完全靠天吃水，干旱时只能到金溪河沟取水；因为缺水，除了爱美的年轻人和被爱着的儿童外，绝大多数中老年人都很少洗澡，他们所到之处，空气中总弥漫着一股奇怪的气味。

林地占比超过90%，耕地仅3049亩，由于75%的劳动力外出务工，撂荒地达58%。

粮经作物种植比为9∶1，因为交通不便，销售除了零散经营，几乎卖不出去，约60%在家村民除了到过中益乡场外，几乎没有走出大山。

村民抗风险能力弱，因病因学返贫占比较大。

……

怎么办？经过深思熟虑，驻村工作队、乡驻村扶贫干部和村支两委因地制宜，循序渐进，制定了建好设施、强化服务、结对帮扶、发展产业、"三变"改革等具体举措，带领村民打响了一场轰轰烈烈的脱贫攻坚战。

中心组所在的中坪、先锋组所在的偏岩坝严重缺水，为帮助村民找到建水池的水源，村干部冒着酷暑，多次翻越大山，找遍了旮旮旯旯，但始终没有找到合适的水源。

中坪在全村海拔最高，根本无法找到水。偏岩坝海拔稍微低一些，大家先找附近的大树岭院子的水池借水，可人家的水在旱季都

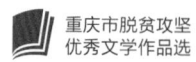

不够用，从长远来看行不通。听老人说附近山上有一口很古老的废弃了的小水井，可大家披荆斩棘地过去一看，水量不多，根本解决不了全院子村民的用水难题。

山上太缺水了！必须想法让村民吃上水。

找水资源比较丰富的街上组借水吧？可是三个地方海拔不同，中坪高，偏岩坝居中，街上组海拔低。如果中坪和偏岩坝要用水，则必须先关掉街上组的用水，把水位升起来，升到中坪的位置，才能让这三个地方一起用上水，可是街上组的村民数量更多，几乎占了全村人口的一半，根本等不起。试行几天后，这个方案最终也不得不废弃了。

有没有办法，在不影响居民用水的情况下，将街上组多余的水升起来，流到中坪和偏岩坝？在大家的努力争取下，华溪村找到县水利局，申请援助了一台增压泵，在干旱季节，将街上组水池里的水增压上去，这才彻底解决了这一难题。

在先锋组银进坪，有一天晚上，汪云友到一个留守老人家中走访，一进屋，发现他还点着桐油灯。

"老人家，怎么不开灯？是节省电费吗？"汪云友奇怪地问。

老人赶紧拉亮电灯："汪书记，我不是给不起电费，我是怕用电烧坏了线路，引起火灾呢。"

原来老人的室内电线老化，以前用电发生过火灾，老人被那场火烧怕了，心里一直有阴影，再也不敢大胆用电。

站在院坝里，汪云友心里很不是滋味，赶紧给主城的朋友打电话，最终找到一家企业，免费将价值28万多元的电缆送到华溪村。乡党委又找到县电力公司，希望电力公司能帮助安装。电力公司派出了8名电工组成施工队，进驻华溪村一个多月，安装电缆，并免费更换了全村老化电线。

金溪组有全乡最大的古树群，仅挂牌古树就有10多棵，其中有一棵古树更是达到千年树龄。金秋时节，树叶变黄，显得更加迷人，成为无数外地游客前来拍照参观的好去处。然而，原来的公路不仅是土路，还太狭窄了，只能让一辆小车通过；必须将公路扩宽，提档升级为旅游公路，才能吸引更多的游客前来观赏旅游。

可是，有极少数村民把土地当成"命根子"和"钱袋子"，不愿将土地低价拿出来扩建公路。为此，村支两委干部多次深入这些农户家中做思想工作，最终统一了思想，大家为了全村发展，不仅大力支持扩路，还主动参与修路。

……

在市、县、乡、村四级干部的努力下，华溪村的路、房、水、通信、用电等基础设施条件得到迅速改善。包括主干道在内的9.4公里村公路得到扩建升级，其中主干道为旅游油化路面；建设人行便道10.8公里，打通农户出行"最后一米"，实现"组组通公路"和"户户通便道"。完成房屋修缮加固及人居环境整治，完成率达100%；实施易地扶贫搬迁39户，D级危房改造改建9户。建成蓄水池10口，山坪塘3口，移动通信站4个，实现农网改造全覆盖，群众饮水、通信、用电等生活需求得到有力保障。

为防止村民因病因学再度返贫，华溪村大力提升公共服务水平，竭诚服务村民就医和子女入学。全面落实医疗便民惠民政策，建立居民健康个人电子档案，实现因病致贫群众全覆盖，脱贫户大病医保报销率达90%；坚持乡卫生院每季度、村卫生室每月一次入户巡诊，每年为贫困患者提供免费体检，贫困家庭健康档案建档率、家庭医生签约服务率均达100%，实现贫困患者县域内"先诊疗后付费"和"一站式"结算服务。

轰轰烈烈的基础设施建设在推进，真真切切的结对帮扶也在同时开展。为帮助贫困户真正脱贫，扶贫干部认真调研，对帮扶户"因人而异"，"量身定制"能够实现的脱贫致富计划。

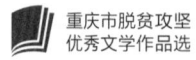

要想让贫困户的脱贫计划落实落地，必须大力发展能够挣钱的经济产业，让村民在家里也能挣钱。可是，摆在大家眼前的事实是，村里无主导产业、无龙头企业、无集体经济收入，更无"抱团发展"的利益联结机制，村民增收渠道狭窄，稳定增收难度很大。

2017年12月，在重庆市委的关怀下，华溪村和全市其他37个村一道，作为首批试点村，开展"三变"改革试点。以"资源变资产、资金变股金、农民变股东"为主要内容的"三变"改革试点很快在华溪村如火如荼地开展起来，最终成功建立了"企业+集体+村民"的利益联结新机制，确保村民脱贫致富。

2

2019年12月，张剑峰坐在院子里的长板凳上，正盘点一年来的收入。家中土地出租的钱和年底的分红，让他深有感触："从来没想到，土地也能这么值钱？"

四年前，和妻子离婚后，因为身患癌症，无力参加重体力劳动的张剑峰准备将家中的耕地交给亲戚耕作。可是这个"人情"，亲戚并不接招："现在种地赚不了钱，还会亏本。何况你家的地太分散了，东一头西一头，两块地之间走路都要走半天，我不要。"

亲戚不要土地，张剑峰只好让土地撂荒。

想到当初乡亲们争抢土地种，张剑峰觉得很纳闷："现在的土地怎么这么不值钱了，送给别人也没人想要？"

像张剑峰这样的土地零散型农户，华溪村还有不少。在20世纪90年代，国家尚未废除农业税，可土地在村里却是个"金宝宝"，在家村民代种外出务工农户的土地，不但要代交农业税，每年还得向土地承包人交一部分粮食。尽管后来国家废除了农业税，然而，受交通条件的制约，村民种地积极性却减弱了，外出务工农户的土地，因为没有人代种，只有任其撂荒。

靠山吃山，土地就是山里人最大的财富。华溪村决定先从"资源变资产"中找突破点，让土地变得值钱。与此同时，村里也苦于没有集体经济组织，没有集体经济收入，无法为一些突然遭遇变故的村民提供公益资助。

2017年10月，在驻村工作队和村支两委的组织下，村里召开村民代表大会，村民代表们在会上畅所欲言，筹划成立了村股份经济联合社。

联合社成立之初，就明确了职责与任务，即全面承接华溪村所有经营性资产和扶贫开发资金，负责管理集体资产、开发集体资源、发展集体经济、服务集体成员等经营管理事务。实行"村社合一"，联合社管理人员全部由村支两委班子成员兼任，便于落实村支两委安排部署，协调解决产业发展中遇到的土地、人力、政策扶持等具体问题。加强政策宣传，让农民全面了解集体经济组织的入股形式、操作办法、经营状况、利益分配方式等，确保农民知情权、参与权、监督权和收益权。

要想抓好村股份经济联合社，必须找到并整合村里的资源。扶贫干部们发现，华溪村虽然穷，但除了土地、森林、水力、矿产等固有资源外，还有旅游风光、民俗文化等特色资源。

为此，在推动资源变资产的过程中，大家认真清理，挖掘出溪流、奇峰、缺门山、蛮王寨等可开发的旅游景点，以及20多棵名木古树、1处古庙遗址、1座古桥等文化旅游资源。将土家传统美食、土家吊脚楼、土家山歌和中益土戏等民俗文化列为待开发资源，组织县内外作家到村里采风，采写了旅游景点民间故事30多篇，特别是通过市、县文艺界人士的共同努力，成功地把即将失传的土戏挖掘出来，整理后恢复上演，进一步丰富了华溪村的历史人文要素。

最终，土地、林地、住房等属于个人的资源成为村民的固定资产，水力、矿产和丰富的旅游文化资源则成为村民共享共有的村级

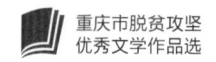

集体资产。通过这些举措，华溪村将资源在"三变"改革中充分开发利用，实现了"资源变资产"的转变，不仅为村民增收奠定了基础，也为日后村级集体经济发展壮大积累了资源。

2018年初，为充分调动村民积极性和解决发展初期资金短缺问题，便于未来吸引更多社会资本参与"三变"改革，华溪村决定在村股份经济联合社的基础上，创建村集体经济组织。

要创办经济组织，必须要有资金。以往的涉农资金、扶贫资金投入分散，效益不明显，与农民利益联结不紧密。华溪村决定整合各类涉农和扶贫资金，集中到统一的产业平台，变"一次性"投入为"持续性"增收。

为此，村支两委结合华溪村的旅游资源十分丰富的实际情况，决定重点发展乡村旅游。经过研究，大家将各级各部门的扶贫专项资金和捐赠资金共468万元充分整合，由村股份经济联合社代表村民持股加入到新成立的中益旅游开发有限公司这个村级集体企业，占注册资金500万元93.6%的股份，剩下6.4%的股份，分成16股，每股2万元，面向全村有积极性、有富余资金的村集体经济组织成员发行，按照市场规则明确入股各方的权利义务和利益分配，平等保护各方合法利益。

然而，在全村公开发行股份却并不顺利。村民不是因为太穷，家里拿不出2万元，就是对村办企业的前景没有信心，害怕投资血本无归："万一拿这两万块钱去入股，打了水漂怎么办？"少数村民甚至这么怀疑："村干部都没人带头入股，如果真是件好事，他们会不往自己荷包里捞，还会拿出来公开发行？"

一时间，股份发行一事在村里闹得沸沸扬扬。眼看公司要开业了，仍没有村民前来认购股份。村支两委看在眼里，急在心里，赶紧召集村支两委干部委员和党员开会，决定发挥党员干部的模范带头作用。会上，包括村支书、村委主任在内的4名村支两委干部和5

名普通党员主动站了出来，每人带头认购1股，并在两天时间内将个人的入股资金2万元交到公司账户。

村委委员、妇女主任谭启桂的丈夫患病，家里欠下了几万元的债务，村支两委本来决定不让她认购股份，丈夫也不支持她借钱入股，可她却说："我是一名干部，干部不带头，怎么能行呢？虽然我现在困难，但党的政策这么好，我相信大家一起抱团努力向前跑，肯定能迅速致富。"

谭启桂找来电话本，找亲戚朋友借，又到银行借贷，很快便凑了2万元入股，充分体现了一名村干部的勇于带头、敢于担当精神。

看到谭启桂都借钱入了股，村民们激动起来了，都说："谭委员家这么困难都不怕，我们怕什么？"很快便有7名村民跑到银行取出存款，认购了剩余的股份。中益乡第一个真正由村民入股的企业成立了。

在确定村股份经济联合社和公司的自然股民时，村支两委充分征求群众意见，按照尊重历史、兼顾现实、程序规范和群众认可的原则，统筹考虑户籍关系、农村土地承包关系、对集体积累的贡献等因素，经村民代表大会民主讨论后，确定了自然股民范围。经统计核定并张榜公示，符合股权人资格的共有1280人，华溪村便将集体入股的468万元量化到人，配置股份1280股，最大限度兼顾了各方利益，减少了改革阻力，凝聚了人心，使村民团结一致"挣钱"脱贫致富。

为加强党组织对企业的管理，中益旅游开发有限公司董事长由村支书王祥生兼任，统筹协调全村产业发展。由于华溪村缺乏懂技术、善经营、能管理、会财务的专业人才，公司又面向社会公开招聘了总经理、会计、出纳。

为了规模化发展，公司将农民零散撂荒的土地整合起来。立足村内资源禀赋，公司决定主要开展旅游开发、中药材种植和销售、

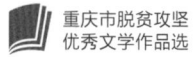

中蜂养殖、农副产品加工等业务,打造自主经营、自负盈亏、自我约束、自我发展的市场主体。

3

中益旅游开发有限公司成立后,严格按照法律规定,在发展产业的基础上,与其他企业或个人开展规范性的业务合作,既引进龙头企业,又培育家庭农场、合作社等新型经营主体,很快便让这家村办企业变得红火起来。

近两年来,公司充分利用华溪村的特色资源,大力发展特色产业,不仅抓好传统特色支柱产业,还拓展乡村旅游,引进企业发展加工业,加强电商营销,取得了不少成效。

在充分尊重农民意愿基础上,公司与农户开展项目制合股联营,种植脆桃、脆李、西瓜等"三大"水果和黄精、吴茱萸等中药材。在专家充分论证基础上,2018年,公司集约利用200亩土地规模化种植黄精,将土地返包给愿意耕种的45户农户耕种,农户可获得"管护工资每亩3年2000元+管护地块产业收益20%分红"的效益,预计返包农户每亩3年可收益0.8万元,既提升土地利用率,又激活农户内生动力。

华溪村山清水秀,公司结合特色产业,将蜜蜂产业和旅游产业结合起来,推动农旅融合。在"三变"改革中,华溪村提出建设"中华蜜蜂第一小镇"的思路,大力发展具备"增收、观赏、蜜源"等功能的经济林木和木本药材,规划建设中坪脆桃观光采摘园、王子坪脆李生态采摘园,发展五倍子、吴茱萸、皱皮木瓜等蜜源型经济作物1800余亩;以中华蜜蜂产业综合开发为主导,规划建设中华蜜蜂产业园,养殖中华蜜蜂1200桶;依托山水特色资源,融合土家民俗文化,打造以"中华蜜蜂谷"为品牌的特色生态旅游目的地,发展了"黄水人家""森林人家"等18家品牌民宿。

同时，引进企业对农产品进行加工，与重庆市六边形蜂业有限公司开展蜜蜂养殖、蜂蜜生产加工等项目合作，将蜂蜜打造成为土家美食品牌，不仅提升了蜂蜜质量和价格，还带动了村民就近务工，产品远销北京、上海、广州等地。

公司发展既注重眼前，又谋划未来，切实延伸农业产业链条。这几年，华溪村相继注册了"华溪村""蛮王寨""龙庄溪"等特色乡土商标，新建了"华溪农旅融合展示中心"，建成中益旅游开发有限公司电商平台，建成扶贫加工车间2700平方米。

凭借高质量的特色产业，经过媒体和消费者的宣传，华溪村农副产品在全市范围内声誉鹊起。在扶贫干部的努力下，太极集团、希尔安等著名龙头企业纷纷进驻华溪村，办起了收购点，定向采购黄精、皱皮木瓜、吴茱萸等特色农产品。

截至2019年12月，华溪村当年已实现农产品销售收入400万元。2019年冬天，在先锋组偏岩坝农家乐小院，数百名村民冒着寒风从四面八方赶来，激动不已地参加了村集体经济的首次分红大会。

"谭人英800元、向世春500元、陈朋400元……"随着主持人的高声宣读，这些村民第一次领略到了当"股民"的好处。

当天，积极参与华溪村试点"三变"改革、以土地流转入股村集体经济的430户农户，兴致勃勃地分享了首笔红利共计22.792万元。

"农村改革经不起折腾，农民的事情来不得马虎。"华溪村在"三变"改革中，重点加强良性发展长效机制建设，多措并举防范风险，为"三变"改革保驾护航。特别是在"三变"改革初期，绝大多数农村产业平台承受自然风险、法律风险和金融风险的能力都比较弱，为此，华溪村建立了一系列风险防范制度。

比如，大多数村民都有些担心："我们农民经济恼火，没有多

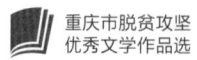

少钱来投资发展产业,也没啥子技术,要是受了灾,可能就血本无归了。"

对此,驻村工作队和村支两委早就想到了办法,劝慰说:"别怕,有自然灾害防范制度呢。"村里制定了产业技术服务规划,聘请市级科技特派员和农艺师,成立负责管护技术培训、病虫害防治等日常管理的产业技术服务小分队,实现1名技术人员指导1个产业、1名驻村干部服务1个产业,用科技的力量降低病虫害等带来的生产风险。同时,投入10万元购买黄精产业自然灾害保险,减少自然灾害对农业生产的影响。

村民依然有些顾虑:"哎呀,现在病虫害有专家下来帮我们,遇到天灾人祸也有保险,可是,如果丰收了,东西卖不出去,还不是要烂掉,收不回投资的现钱?"

一位村民平时喜欢看电视,还特意举了一个例子:"香蕉我们这里卖两到三块钱一斤,可我在电视里看到,南方有个地方香蕉丰收后卖不出去,两三角钱都没人要,那里的人只好拿香蕉来喂猪呢,结果,猪吃多了也不吃,好多都烂掉了,太可惜了。"

村干部笑着说:"请你放心,我们已建立了农产品滞销防范制度。"村里引进顺德农业专业合作社、泰尔森公司、泽泰合作社等市场主体,实行订单收购,探索"远山结亲""田间天猫"等电商扶贫模式,线上拿订单,线下组织生产,畅通农产品销售渠道,实现"卖得出、卖得远"。

村民依然有些迟疑:"这虽然是好事,但如果经销老板不履行订单收购,怎么办?打官司,我们不仅没时间,也没钱,更没经验。"

针对村民的最后一个"心结",村里又健全了法律风险防控制度,即聘用本村走出去的法律专业人才为"三变"改革法律顾问,规范"三变"改革流程,完善土地承包经营权入股合同,发放股东权证，帮助企业完善合同、协议等各类手续，减少法律风险；投入2.7万元购买劳动力人身意外伤害保险，降低企业赔偿风险。

三项制度，分别化解了村民的担心、顾虑和迟疑，让村民平添了发展经济作物的信心与勇气。为全力扶持村民致富，村办公司还立足脱贫、着眼致富，建立"三变"改革红利分享制度，完善了"企业+集体+村民"三方共赢的利益联结机制。

一是建立贫困农户与新型农业经营主体的利益共享机制。在土地入股、合作社分红和就近务工、参加公益性岗位等方面，优先照顾贫困户。在293户土地入股村民中，有贫困户73户，入股土地302亩，占入股土地总面积的27.8%。2018年，华溪村有77户284人实现脱贫，脱贫人数占贫困人口的94.4%；截至2019年底，全村贫困人口也已全部脱贫。

二是建立脱贫攻坚与乡村振兴有机衔接机制。积极探索建立兼顾股东、困难群众、村集体利益共享机制，华溪村股份经济联合社利润的60%为全体社员分红，30%作为村扶贫济困基金用于为困难家庭开发公益性岗位和临时救济，10%作为村集体公益金。293户村民将1088亩土地流转给中益旅游开发有限公司，每户村民可按照地力情况（田500元/亩、地400元/亩、撂荒地300元/亩）每年享受保底分红。2018年，入股农户户均分红1300元。

让村民在分享改革红利中奔富裕，让乡村在"三变"改革中走向振兴。华溪村创办的中益旅游开发公司的发展壮大，让村级集体经济不断壮大，村集体公益金的公开发放和适度救助与资助，惠及患大病和子女读大学的低收入户，有效防止了他们因病因学返贫。

2019年4月15日，习近平总书记来到华溪村，访农户、看扶贫、话产业，实地了解村里脱贫攻坚工作情况。在慰问身患重病的

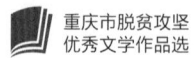

贫困户谭登周时,谭登周紧紧握住习近平总书记的手,万分感激地说:"如果不是党的政策好的话,我坟头的草都长这么深了哟。"

2018年春,金溪组村民谭登周在河边土地上种植土豆时,不慎跌落到10多米下的河中。经村民紧急送往石柱县医院再转到重庆市相关医院后,他在重症监护室昏迷了一个多月才苏醒过来,伤情十分严重,肩膀骨和膝盖骨多处骨折,胸肋骨断了7根,满嘴牙齿几乎全部掉光,伴有重度脑震荡。

医保好政策不仅为谭登周报销了90%的医药费,村里还利用发展产业积攒的公益金为他提供了1万元救济,个人承担费用不到1万元。2019年春节,"九死一生"的他特地在大门上贴出一副感谢党恩的春联,上联是"九死一生靠政策",下联是"三病两苦有医保",横批是"共产党好"。

4

华溪村"三变"改革,让干部群众都有了"向前跑"起来的动力与信心。驻村扶贫干部和村干部忙着带领村民"向前跑",有的驻村干部甚至好几个月才回一次家。家在重庆主城的驻村第一书记汪云友说:"有时工作忙,周末也要加班,回家路又太远,太耽搁时间了,只好不回家。好在家人对我的工作非常理解,也大力支持。"

而家就在村里的村组干部们,也是起早摸黑、早出晚归。

"现在村里有个企业,作为董事长,我必须珍惜村民对我的信任,让'三变'得到长远健康有效发展,让村民在家里都能挣钱,挣到大钱。"村支部书记王祥生说。

在干部和村民眼里,"三变"其实还有许多更深层次的内涵。除了"资源变资产、资金变股金、农民变股民",大家觉得还有以下五大变化:

一是村里变美了，外来游客更多了。

二是产业变强了，由以前的粮经作物比9∶1变成1∶9，完全"换了位置"。

三是生活水平提高了，为了给老人和孩子补充营养，村民们喜欢购买牛奶，每天早晚都给家里的老人和孩子喝。

四是良好的卫生习惯养成了，人人都喜欢打扫自己的庭院卫生。

五是人们精神振奋了，人人都在致富路上"向前跑"。

看到村里的可喜变化，越来越多的外出务工者返回家乡，纷纷加入到"向前跑"的队伍里。村民刘益洪，以前和妻子在重庆主城打工，每年可实现纯收入十来万元。2018年底，夫妻俩决定回到家里，贷款二十来万元将老屋改造精装，准备发展农家乐。有亲戚朋友问他们："华溪村就是一个偏僻的山沟沟，你们胆子真大，就不怕血本无归？"

刘益洪却胸有成竹地说："现在党的扶贫政策这么好，百分之百会赚钱，不信走着瞧。"

2019年夏天，刘益洪开办的桃园农家乐正式开业。经过半年的运营，"走着瞧"、有自信的他收入12万元，不仅找到了致富的路径，还帮扶附近的贫困户，让他们的蔬菜、大米、鸡蛋、鸡、鸭等农产品得以就近销售。

2019年11月，著名诗人柏铭久和重庆九龙坡区作协主席、诗人大窗等诗人、作家在华溪村采风时，对桃园农家乐的环境和景色叹为观止，认为华溪村的农家乐，是土家山寨最美、最贴近自然的农家乐。

偏岩坝在脱贫攻坚工作开展之前，真是院如其名，不仅偏僻，海拔还很高，唯独农业生产效益不高。然而，在2019年，这里有9户外出务工农民举家返乡，利用改造后的农房创办农家乐，并在9

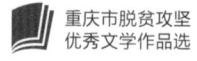

月成功开业。

"这么大的一点地方,就开办了9家农家乐,哪里有那么多的游客和生意哟?"有人表示强烈质疑。

可带着女儿女婿一家回家创业的花仁淑却底气十足:"这里路好物好风景好,周围有不少旅游景区,只要我们诚信经营,哪有生意不红火的?!"

不仅是花仁淑用农家乐"引"回了外出务工的子女,偏岩坝其他8户农家乐中,有7户在外务工子女都返回家中,当起了老板,和年迈的父母、年幼的孩子聚在一起,其乐融融。而今,在偏岩坝,大多数家庭再没有留守老人,也没有留守儿童,有的只是三世同堂甚至四世同堂的"阖家团聚"的快乐。"这是乡村振兴战略带来的好处,我们一家老小终于在家里全部团圆了。"花仁淑高兴地说。

看到邻居家老少团圆的幸福,偏岩坝60多岁的农家乐"老板"马世才沉不住气了,一再给远在浙江务工的儿子打电话,多次"威胁"他们:"你们再不回来,我就不认你们了。你们如果回来一起创业,我保证你们的收入比在浙江打工的工资还高。"

除了返乡创业的人在"向前跑",普通村民和贫困户也在"向前跑"。

因为忙于"向前跑",以前家庭差点散了的陈朋,不仅戒了酒瘾,还越活越有干劲,对未来充满了信心。凭借搞建筑的好手艺,他在乡内巡回搞建筑,每月收入5000元;妻子谭明兰担任了村卫生保洁员,还被村上选送到邻近的坪坝村夏布作坊学习了夏布手工制作技艺,闲余制作夏布卖钱。虽然这么忙,但夫妻俩还觉得太"轻松",又一起返包了5亩黄精,还种了辣椒、养了生猪,全年总收入十分可观。

2019年,陈朋向村支部表达了想入党的念头。经村支部认真考察，最终发展他为入党积极分子。

"从以前挣不到钱，整天喝酒，意志消沉，最终有了酒瘾，得了酒精肝住过多次院，成为贫困户，到如今戒了酒，身体变好了，拼尽全力发展产业脱贫致富，成为入党积极分子。可以说，陈朋的个人变化，正是华溪村巨大变化的一个缩影。"石柱县委常委、中益乡党委书记谭雪峰说。

作为老年人和中年人的代表，没有劳动力的重病户谭登周和张剑峰也在"向前跑"，除了担任护林员，他们还在山林里养了一些中蜂。作为习近平总书记看望过的贫困户，谭登周始终牢记党的关怀，在家门口摆起了一个农产品销售点，专门把莼菜、黄连、辣椒等农产品及加工品出售给前来旅游参观的游客。

2020年秋天，站在家门前的银杏树下，拄着拐杖"向前跑"的谭登周情不自禁地说："现在的华溪村很美，未来一定会更美。"

其实，在扶贫干部眼里，和谭登周一样感念党的关怀、不等不靠"向前跑"的华溪村村民，同样很美。

乡村的这些美，始终源于党的惠民好政策，源于干部群众"向前跑"的齐心协力。

解说记

  早上，喝了一盒牛奶
  牛奶的香，有北方草原的温度
  她坐在这个春天里
  微笑着，爽朗地介绍，解说
  让院子里弥漫着勃勃生机
  有时，她偶尔会动情地回忆

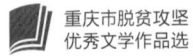

那些没有吃没有穿的苦日子
但是，更多的时候
她在笑着，笑声和阳光一般纯粹
满头的白发，和盛开的梨花一般洁白
院子外，花儿开到天上的彩云中
开到了热闹的原野里

从中益乡场出发，沿着金溪沟河的旅游公路上行。不久，便能看到右边有一个生态停车场。把车停下来，人们便会发现，左边石壁上雕刻着"使命"两个红色大字，红字下边的小广场上，常有一些外来的游客拍照留念。

前面四五十米处，就是向家坝。这是一个很普通的小地名，就像经历过历史风烟的许多农家院子"名不副实"一样，这里已经没有姓向的在此居住。

2019年4月15日，习近平总书记到石柱县中益乡华溪村实地了解脱贫攻坚工作情况时，步行来到这里，看望慰问了80多岁的老党员马培清，并坐在这个小院坝内的长凳上，和基层党员干部群众亲切交谈。如今，这里已经成了石柱县和附近区县党员群众乐于前来参观学习的革命传统教育基地，而头发苍白、一脸幸福笑容的马培清，则成为一名优秀的义务讲解员。

早上，几名游客穿过一片菜畦，顺着一条人行便道，来到向家坝这个农家小院。

院子外，花儿和春阳让春意更加盎然。一棵小杏树上，鲜花挂满了树枝，由上到下次第排着六个春节时挂上去的小红灯笼，显得依然喜庆；五个小花盆里，一盆是山茶，两盆是映山红，山茶花开得很鲜艳。对面缺门山上，不知名的野花正盛开着，步游道上三三两两地有人走动，远远望去，新栽下的脆桃已经开出粉红色的小花。

时间回到2020年3月13日。一大早，马培清看着大儿子陈福明起床煮了早饭，出门到场镇做工去了。她将党徽郑重地别在衣服左边心口处，吃了早饭，喝了一盒有机纯牛奶，来到门外散步。

此时，早上8点刚到，看到院子里来了几个前来参观的游客，马培清立刻来了精神。在大家的邀请下，马培清开始向大家义务讲解自己的经历。

马培清是1974年7月入党的老党员，解放前出生在离中益乡约100公里外的原下路乡九保。石柱是重庆著名的七大革命老区之一，马培清的父亲马发兹早年参加革命，是一名中共地下党员，解放后先后担任石柱县委组织委员、桥头区工委书记、中益乡供销社经理、中益乡党委书记。马培清有七个兄弟姐妹，由于父亲常年在外参加革命工作，家里只有母亲一人劳动，其中六个兄弟姐妹先后因为疾病和饥寒早亡，只有她和最小的妹妹活了下来。

那一年腊月，父亲利用到下路乡开会的空闲时间，回家看了看她们。看到年幼的妹妹饿得直哭，父亲这个在石柱游击战争中经历过枪林弹雨的男子汉哭了，他拉着孩子母亲的手说："我是一名党员，必须坚决服从党组织的安排，决不能向组织提任何要求，更不能借着照顾家人的名义，向组织要求调回老家工作。如果大家都这样，那么，那些条件艰苦的山区就没有人愿意去。"尽管都属于龙河流域，但和人口稀少、土地贫瘠、海拔较高、产量很低的中益乡相比，那时下路乡却是石柱县大乡，邻近丰都县江池乡，海拔在500米至1000米之间，是著名的产粮基地，人口密度也是中益乡的十倍。

一贯清廉的父亲拿不出钱和粮食帮助家人，但又害怕妻女在家挨饿，为了工作和家庭两不误，内疚的父亲便决定回到工作的中益乡，找一处乡村房屋将妻女三人接过来安置，在旁边开辟荒地种植

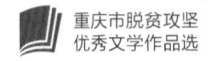

粮食，自己也方便就近照顾她们。

作为一名参加过地下斗争的老党员，马发兹考虑得非常周到，他给家人选择了向家坝这个地方。这里有三个明显的优点：一是村前有座清代末年修建的石桥，过桥后，便是三益乡到中益乡的乡村大路，交通方便，也不用雨季冒险涉水过河；二是离中益乡场和中益小学都比较近，走路不过半个小时左右；三是院子后面便是陡峭的大山，可以开辟一点荒地种一些庄稼。

地方找好后，可马发兹却因为工作脱不开身，只得找了两名老乡前往老家接家人。

"腊月初十出发，两个农民伯伯帮我们背简单的行李，一个背装粮食的柜子，一个背装衣服的柜子，我和母亲则背着铺盖，拉着妹妹开始搬家。其实家里根本没有什么值钱的东西了，便和房子合在一起，全部送给了住在附近的叔叔伯伯。最难过的是，这两个农民伯伯来接我们，可我们却拿不出吃的东西来招待他们，只给他们烧了一点开水，把家里仅剩的一点粮食磨了，做了几个窝窝头当饭吃。我们带着剩下的窝窝头，路上整整走了两天，第一天走到现在桥头镇田畈村的一个院子，天就黑了，只好在那里住下来，晚上不好意思打搅看起来更不宽裕的主人，便说自己带有干粮，只要了一个茶瓶，我啃了半个窝窝头，喝了一点热开水便睡下。第二天一早越过小山，便是龙河，然后继续沿着龙河往上走，直到第二天下午才到。晚上吃到父亲煮好的包谷面饭，我觉得真香啊。"讲到这里，马培清突然流下眼泪，"现在生活好了，不愁吃、不愁穿，吃得好、穿得好。"对党感恩的她，后来当上了大队干部，还光荣地加入了中国共产党。妹妹马培兰长大嫁人后，生活越过越好，还在县城买了房子，搬到了县城居住。

在院子左前方不远处，有一块巨大的石头，上面雕刻着"初心"两个红色大字，旁边是一个将近两百平方米的小型广场。这便是远近闻名的初心广场，每天都有不少人来这里接受革命传统教育。这些人也会到向家坝来参观，请马培清义务讲解，"最多的一天，我应该接待了十几趟共计300多人，对他们讲解了我的一生经历，回忆总书记去年到这里看望我、开座谈会的细节"。

"翻身不忘毛主席，脱贫不忘共产党。"马培清知道自己记性不好，但清楚地记得习近平总书记一年前到石柱看望她的所有细节。总书记从屋后公路边走下来，绕过那片竹林，然后往她家走来。正在院子里休息的她，赶紧迎上前去。总书记和蔼可亲，拉着她的手，亲切地称她为"老大姐"，看到从地坝到檐下街荫的五级石阶有些高，便关心地让她上下台阶时"慢慢的"，看到她和儿子家里"粮仓里有粮、灶台上挂肉"，总书记对他们的生活现状十分满意。

当时，院坝里摆了11根长板凳，一张摆满花生等小吃的八仙桌。总书记拉着马培清的手，慢慢走下石阶，来到院子里，又拉着马培清坐在长板凳上，和乡、村两级党组织书记，乡卫生院院长，产业业主和贫困户代表等基层党员干部群众进行了座谈。

送总书记上车后，马培清非常感动，连续两三个晚上兴奋得失眠。她叫来大儿子陈福明和小儿子陈朋，给他们提出要求，一定要做一个心怀感恩的人，"如今党的政策好，更要努力向前跑"。

一年来，马培清亲眼看到了村里的巨大变化，房子和环境变得更美了，产业更加兴旺了，村集体经济更加壮大了，公路两侧修起了人行道，有许多外出务工的人回到家里，许多农户依托农房改造好政策办起了农家乐。

特别是公路两侧人行道的修建，让平时喜欢走动的马培清更加高兴。2019年9月25日，天气放晴，马培清看到暂时没有游客前来，自己不再忙碌，便准备上楼端一点东西到屋外来晾晒，可是，在下楼梯时一时疏忽，因为端着的东西遮挡了视线，不幸一脚踏空，摔倒后导致骨折。

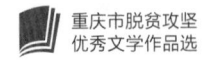

"当时还好，只是从离地面的第三级楼梯摔下来，要是再高一点，我肯定会摔得更严重。"可即使这样，也让马培清倒在地上痛得直呻吟，人也站不起来。

"我两个儿子当时都没在家，真不知道怎么办。好在现在村里有驻村工作队员和家庭医生，还有参加脱贫攻坚的各界人士，人气比以往高得多，我摔倒不过两分钟，就听到院子外来了几个人，原来是农行下乡来宣传扶贫贷款政策的，他们进屋来一看，马上将我送往医院。"马培清说。

"因为有医保，这次虽说花了4000多块钱，但我只掏了四百来块钱。"在乡医院住了几天，她转往县医院住了一个多月，出院后，马培清又在县城妹妹和女儿陈小兰家耍了十来天。"没想到离开不到两个月，回到家里一看，又发生了许多变化，最明显的就是公路两边有人行道了，方便我没事时四处走走逛逛了。"马培清说，"现在生活条件真的是太好了，平时也比以前过年过得好。"

发生变化的，还有马培清的两个儿子。大儿子陈福明和马培清住在一起，现在就近务工，每天收入150元，一个月能挣3000元左右。孝顺的他知道母亲喜欢喝牛奶，每隔几天，便从乡场上买上一箱带回来："现在有钱了，要让妈妈吃得更好一些，保证她每天早晚都能喝上一盒牛奶。"

"我家又有一名新党员了。"站在春天的花香里，谈起小儿子陈朋的变化，马培清老人又高兴得合不拢嘴。

改变记

他记住了

二十多年前

一位村民的恩情
　　记住了
　　母亲的叮嘱
　　自己的责任和使命
　　他扔掉了酒瓶
　　种着黄精，打着零工
　　他说，人生最大的堕落
　　就是嗜酒
　　最好的戒酒药
　　就是在春天里
　　天天向上，向前奔跑

　　一位诗人说过，每位母亲都万分疼爱孩子，都为孩子成长中取得的成就感到自豪。即使到了80岁高龄，马培清依然保持这种纯粹真挚的母爱。在向前来参观的游客义务介绍情况时，马培清总是喜欢提到小儿子陈朋和儿媳谭明兰的变化。

　　一大早，陈福明接到中益乡场工地老板的电话，说是工地上当天有人请假，请陈福明找两个临时工去帮忙。陈福明首先想到了弟弟，两个侄子正在读高中和小学，将来两个孩子还要读大学，都需要花钱，便高兴地找到陈朋夫妻俩，请他们去做临时工，每人一天包工150块钱，夫妻俩就是300块钱。可陈朋夫妻俩异口同声地拒绝了，说是已经答应了20多年前的恩人李相文，要专门去给恩人免费砌化粪池。

　　陈福明觉得有些奇怪，嘴上嘀咕了几句，独自出门走了。马培清听了后，心里却像吃了蜜一样甜。

　　像这样"不热衷于只挣钱"的新奇事，陈朋已经做过许多次。

　　两天前，村支书王祥生电话通知陈朋，正在建设中的偏岩坝农

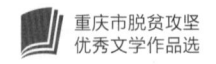

家乐"美食一条街"需要人务工,每人每天160元,陈朋却推辞了:"我今天要将黄精地里的肥料下了,明天再去。"

听到这样的新奇事,有人便开玩笑:"你是不是不会算账?'现搞头'(土语,指现钱)都不知道马上去找,只知道在家做笨农活。"

陈朋却回答得正义凛然:"人不能只看眼前的便宜。我是预备党员,黄精是村办企业的大产业,村里相信我,让我返包,我必须对得起村里,不能贪图几个现钱就忘了本业,耽误了黄精生产。"

有人又说:"要是明天偏岩坝不需要工人了,你就挣不到这160元钱了。你完全可以今天先去打工,明天再回来下肥啊。"

有路边的村民点头应和:"对啊,你抽一两天去挣'现搞头'回来,黄精等两天下肥料,也不会死苗。"

陈朋笑了:"现在村里发展得这么好,哪里没有挣钱的机会。明天即使偏岩坝不要工人,我还可以跟着我大哥到乡场上去打工呢。何况我种的黄精不仅是村里的产业,也是我的产业,收获出卖给药材公司后,我可以按比例分成呢,拿的也是'现搞头'。"

"现在他们的思想境界真的不一样了,陈朋还入了党,言谈举止都有点像我的父亲当年那样先进了。"马培清高兴地说,"我口头上笑他们好傻,但我内心是非常高兴的。作为一名党员,更要比普通群众懂得感恩图报。当然,我儿媳也很好,如果她坚持要去挣现钱,我儿子可能也没得法子。"

小儿子夫妻俩不去挣现钱,却"傻傻"地去给朋友义务帮忙,马培清正是为这事乐得合不拢嘴。提起小儿子这几年来的变化,她还有许多话要说。

虽然外公曾是政府干部、母亲曾是大队干部,但因为家里贫穷,陈朋直到将近30岁才和谭明兰结婚。婚后,谭明兰先后生了两个儿子,夫妻俩勤奋劳动,一心指望给孩子创造更好的环境。可是，华溪村坐落在方斗山和七曜山之间的龙河谷地内，这里平均海拔超过1000米，群山纵横，溪沟交错，人均耕地少，交通条件滞后，严重影响了村域经济的发展。千百年来，当地村民只种植传统粮食作物，增收渠道单一，经济发展十分缓慢，许多有劳动力的村民纷纷外出浙江、广东和福建等地务工。

尽管陈朋夫妻俩勤奋劳动，也曾经外出到浙江去务工，但收入非常有限。陈朋的父亲去世前，主持修建了两间新瓦房，一间分给小儿子陈朋一家居住，一间留给大儿子陈福明居住，但因此欠下了一笔债务。渐渐地，历经生活磨难的陈朋变得没有多少激情，整天喝酒解闷，不知不觉竟成了远近闻名的酒鬼。

陈朋肝脏解酒功能本来就不好，酒量也差，可他就是喜欢沉浸在醉酒的迷糊状态中，以为这样就能忘记贫穷，摆脱贫穷的现状。看到丈夫一天到晚沉浸在酒中，谭明兰觉得很失望，便想独自一人外出打工，但又放心不下孩子，夫妻俩渐渐有了一些矛盾冲突，经常拌嘴吵架。

马培清看在眼里，心里难受，却又无法劝说。她心疼小儿子，但是，再怎么劝说，陈朋表面上顺从地点头答应戒酒，不出几分钟就又拿着一瓶酒，喝得酒气熏天。

有一年冬天，陈朋喝酒差点出了事。那天晚上，陈朋围着火塘不停地喝酒，谭明兰只好早早上楼睡了。半夜里，谭明兰突然从梦中醒过来，发现面前站着一个人，仔细一看，原来正是丈夫陈朋，只见他满嘴酒气，突然向下一倒，怎么也叫不醒。她急忙叫来婆婆马培清和大哥陈福明，将陈朋送到乡医院，再转送到县医院抢救，一周后陈朋才慢慢苏醒过来。

那几天，马培清在医院里哭红了眼睛。大儿子因为十多岁时得了一场怪病，劳动力弱，一直未能结婚。小儿子成了家，却因为看不到生活的希望，渐渐意志消沉，成了酒鬼，喝酒竟喝进了重症监

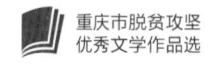

护室。好在小儿子住了三个多月的院后，终于痊愈出院了。

这场病让陈朋知道了自己借酒消愁的错误。本来就负债的家又欠了一笔债，被列为贫困户。村支书王祥生上门来鼓励他坚定信心，帮他理清发展思路，给他送来了两头仔猪发展生猪养殖。

可是，万事开头难，要改变贫穷的现状是很困难的。虽然戒了酒，酒钱是不用开支了，但家里孩子读书、人情往来的开支依然不少。有一次，因为实在缺钱，陈朋悄悄将其中一头猪拉到乡场上卖了。但很快王祥生就知道了这事，专程前来询问原因，陈朋觉得很理屈，只是一个劲低头轻声地念叨："我对不起党和国家的帮扶政策，我会想法去把猪赎买回来。"

第二天，陈朋低着头找了几个乡亲，借到了一笔钱，然后到买主家里说明情况，将猪又买了回来。当他把猪赶回猪圈时，已是黄昏时分，他清楚地看到，那头留在家里的猪，竟然跳起来迎接那头差点被卖到别人家的猪。"猪也是懂感情的。"这让陈朋心生感慨。

经过养猪，陈朋初步尝到了勤劳致富的甜头，也看到了一点希望，并在2017年实现了脱贫。随着脱贫攻坚工作的深入开展，在驻村扶贫工作队和村支两委的带领下，华溪村的产业发展发生了翻天覆地的变化，陈朋一家也迎来了发展新机遇。他们将土地流转给了村集体经济组织，又返包了5亩黄精管护。除了陈朋可以就近务工外，谭明兰还兼任了村里的保洁员，到坪坝村学习了荣昌区企业家前来帮扶山区脱贫而传授的夏布制作工艺，在家开起了手工作坊。而今，夫妻俩一年辛勤劳动下来，至少能收入5万元左右，过上了幸福的日子。

这一天，正在游客与马培清交谈之时，陈朋夫妻俩正好从外面修好化粪池回来，也加入到交谈之中。提到为什么要报答李相文的恩情时，陈朋说："当年，我刚刚结婚分家，只有我一个人的土地，有个亲戚便在附近的中坪组给我指了一亩田地。那里离我家有点远,走路要走半小时左右,我们两口子一早出发,晚上才回来,中午便是在李相文家里煮饭吃。那几年,我们一直在别人家占吃占住,人家没有一点怨言,热情大方。所以,我们一直拿他当朋友。朋友有事,去帮个忙是很正常的,何况我还是一名党员呢。"

说起入党,陈朋也有自己的故事。为报答对党的感恩,他向村支部表达了想入党的念头。经村支部认真考察,最终发展他为入党积极分子。2019年9月,他被组织吸收为中共预备党员。从外公马发兹算起,他已是家里的第三代党员。成为党员后,陈朋时刻严格要求自己,主动以外公和母亲这两名老党员为榜样,带头发展黄精产业,全力支持村里的产业发展决策。

而今,陈朋的两个儿子分别在读中学和小学,平时都住校。夫妻俩团结齐心,正一起在致富的路上努力奔跑,两人在言谈举止中都开朗了许多,常常开口便是一阵幸福的笑声……

这种笑容,自然得就像雨后院子前后种植的黄精,阳光下,它们的叶子不时闪光,让他们的心更加陶醉。

楼主记

阳光下,她谈起
和丈夫一起拼搏的"三起三落"
笑着说,苦不怕,累不怕
就怕精神懒惰
谈起三四年前
那场接踵而来的灾难
谈起突然沦为贫困户的沮丧
谈起再也无法出门务工的失望

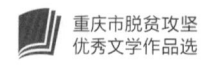

谈起在乡村开展的脱贫攻坚
谈起现在的新生意
春天，像一朵云
像一树花
便写在她的脸上

在华溪村，偏岩坝如今是一个非常时髦的地方。村支书王祥生叫陈朋去打工的地方，正是这个距离向家坝约两里的偏岩坝"美食一条街"。

"美食一条街"中，最出名的应是"七十七号楼主"，即偏岩坝第一个开农家乐的张帮琼。"准确地说，我不是楼主。"张帮琼说，"因为生意失败，有负债，我到银行贷不到款，只好用女儿的身份证去贷款，才办起了偏岩坝第一个农家乐。"

将近50岁的人生，让张帮琼和丈夫经历了曲折的"三起三落"，但在春天里，"沉落"为贫困户的她却依然坚持再次创业。

从向家坝出发，沿着金溪沟河往上走不久，便可看到那座有明显标志的缺门山。缺门山是华溪村的地理标志，山这边是华溪村，流淌的是发源于三益乡大山上的金溪沟河；山那边流淌的则是发源于黄水大风堡原始森林里的官田坝河，沿河两岸便是建峰村、全兴村和坪坝村。

缺门山确实是一座奇山，远远望去，只见山顶突然缺下去一截，就像大山开了一道门一样。关于缺门山的来历，民间传说很多，众说纷纭，比较传奇的有两个：其一说是"八仙"吕洞宾某年某月某日骑驴从天上经过，看到此地美景，不禁大为惊叹，不觉从驴背上摔了下来，将这座山踩缺了；另一说则是远古时代洪水高涨，人们出行都是坐船，但受大山的阻拦，当地的人到黄水去赶集，要驾船沿金溪沟河绕行现在的龙河才能到达官田坝河，有一次水流湍急，有个老年船夫撑不住船，无意间偏失方向而撞上大山，竟撞塌了被水泡软的山土，形成一条捷径，出去便是官田坝河，后来水位下落，便形成了缺门山。

偏岩坝依山傍水，刚好处在缺门山下边的金溪沟河边。在没有修建公路的年代，这里地处三益乡到中益乡的大路上，往来商贾不断，据说背盐的背夫为逃避桥头镇关隘设置的税收点，就是从这里绕行的。

和向家坝一样，大山深处全是山，一块巴掌大的平地便被夸张地称为坝。之所以叫偏岩，是因为原先村子背后有一块歪斜的岩石，一直以来偏偏倒倒的好像随时都可能垮塌下来。前几年，政府派人前来勘测，测出这是滑坡地带，便建议村子往前面整体搬迁100米。为帮助村民顺利完成搬迁，政府实施了地质灾害避让项目，每家可以得到数万元的搬迁补助，自己再添一点钱，便能在家门前的安全地方修建新房。说来也是幸事，就在村里最后一户人家搬迁到新房后不久，那偏岩处真的出现了滑坡，垮下来的泥土淹没了原来一大半的村庄。

2020年3月中旬的一天，我们到达偏岩坝时，正是中午时分。这是一个美丽的小山村，缺门山的缺门就像一只眼睛，从山上凝望着这里。据说夏季满月时，月亮从门上升起来，照在旁边的金溪沟河水里，天上人间便有两个月亮用光芒拱卫着村子。因为村里要在这里打造乡间"美食一条街"，一些施工车辆便在这里进进出出，三三两两的工人也忙得不亦乐乎。

偏岩坝院子虽小，但在大山深处，却至少也算是个中等级别。这里住着12户人家，却有9户开设农家乐，脱贫户占6家。没有开设农家乐的是三户老人，子孙都在外地工作，其中一对老人的儿子在深圳从事证券行业，应是位成功人士，在石柱县一些民间和学校都曾流传过他的事迹，学生们都以他为励志对象，而成人们则喜欢

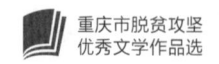

在茶余饭后将其作为自豪的谈资。

我们在一家看起来比较豪华的农家乐前面停了下来。这家农家乐有个响亮的招牌，就叫"华溪村七十七号"。我在门口看到一位50岁左右的大姐，一问，正是女主人张帮琼。她一米六三左右的身高，非常干练，一看就是见过世面的人。

我问："大姐，这里谁先开设的农家乐啊？"

她很自豪地回答："就是我家啊。"

"那您家一定在外面打工挣了许多钱。我看你这家农家乐，至少要投资好几十万块钱。"我很吃惊地说。

"哪里啊，我家就是脱贫户，这个农家乐，还得感谢党的好政策，我们是将搬迁后建的房子改造了，借贷了20多万元建起来的。"她淡淡地回答。

我更加感到惊奇了："脱贫户敢于借贷20多万元，哪里来的信心与勇气？"

"是因为党的政策这么好，我才有勇气敢于往前跑啊。"张帮琼笑了笑，热情地请我们进屋坐下，然后开始介绍"华溪村七十七号"的诞生史。

2019年夏天，在村支两委的支持下，张帮琼决定发展农家乐。而在决定借贷钱款开设农家乐时，张帮琼和家人发生过一次家庭争论。这次争论其实也是一次风险投资评估，因为此前他们一家在投资企业上经历了"三起三落"。

张帮琼娘家是龙河村人，1989年嫁给偏岩坝小伙子焦大泽。张帮琼年轻时是村里的美女，而焦大泽则是偏岩坝有名的能人，家里开有一家米面厂，先是依托金溪沟河的河水动力，后是依托电力，给附近乡亲磨面打米制作面条。

本以为一家人能够依靠米面厂过上幸福生活，谁知没过几年，村里的一些年轻人都外出打工去了，和这些打工的相比，打米磨面不仅累，还赚不了多少钱。1992年春节，焦大泽便对张帮琼说："如果我们都出去打工，女儿才两岁，路上坐长途车太累人。不如我先出去看一下，如果外面好找钱，我就接你出来，我们一起打工。"

焦大泽到了浙江桐乡，很快成为一家工厂的中层管理干部。一年后，张帮琼关掉了米面厂，将三岁的女儿委托给母亲和焦大泽的姐姐，也赶到桐乡，在工厂边租了一家店面，开起了小卖部。

经过十来年的打拼，他们积攒下一笔巨款。这时，他们已有了二女儿和小儿子，为了照顾好孩子，他们决定回家创业。2005年秋，他们回到石柱县城，购买了一套新房，将三个孩子接到一起，在县城读初中、小学和幼儿园。2006年，夫妻俩投资30万元在大山上购买了一座铅锌矿井，当年就赚了10万元。夫妻俩又投资25万元购买了一座矿井，谁知却遭遇矿石价格大幅下降，不久便亏损关闭。

第一次投资创业失败后，夫妻俩在县城找了一个工作，重新给别人打工，拿起了月薪。2010年，手头有了一点积蓄后，焦大泽决定回家投资20多万元建一个大型林下养鸡场。就跟第一次创业一样，这次创业起初很赚钱，但没过几年，由于自身技术不过硬，一场突如其来的鸡瘟又让他亏损殆尽，最后一清账，发现竟欠了7万多元的外债。

"只要青山在，不怕没柴烧。"第二次创业失败后，在地质灾害防治搬迁避让项目补助资金的帮扶下，夫妻俩又借了一点钱，在安全的地方修建了新房，又开始外出到广东打工。这次出门打工非常不顺畅：2016年6月，张帮琼在打工地不慎跌倒，双脚骨折，除了医保报销，还花了3万多元；2017年元旦那天，焦大泽又在工地上摔伤，锁骨和肩胛骨都骨折，花费4万多元。

受伤后，夫妻俩只好回家休养。虽然在外打了两三年工，但因

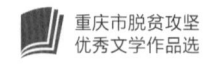

为两人受伤治疗，家里的欠债不降反升，累计突破了 10 万元。尽管生活过得很艰难，但夫妻俩也不好意思对外人说出来，好在不久就开展了脱贫攻坚新一轮精准识别，驻村工作队和村干部经过走访调查，决定将其纳入贫困户。

知道家里成了贫困户后，夫妻俩有些失落。晚上，两人端起饭碗，却都不想吃饭，索性搁在桌子上，面对面地先谈起家庭的发展。

"我觉得现在政策这么好，投资肯定会成功。即使投资失败，我们也不会担心温饱问题。"焦大泽说。

"对，我们这里临近黄水避暑地，夏季凉爽，交通便利，发展农家乐肯定有搞头。"张帮琼点头赞成，"何况前两天我到全兴村的几家农家乐去看过，他们都说夏季生意好得不得了。"

夫妻俩越说越兴奋，接下来，每一条列举的理由似乎都是在鼓励自己，比如房屋是四年前才新修的，投资装修花不了多少钱；比如夫妻俩受伤后，身体不如往年，加上年龄大了，再到外面打工也不合适，好在自己有很好的厨艺，开个农家乐，不用请专门的厨师，也花不了多少钱。

说干就干。夫妻俩找原来生意场上的朋友借了 10 多万元，将房子装修成农家乐。至于店名，夫妻俩也没想更多的，就以门牌号来代替。"我们门牌号很好，华溪村七十七号，吉祥如意。"张帮琼说。

2019 年 6 月，装饰一新的"华溪七十七号"正式营业。没想到，夏季的生意真的很红火，特别是到向家坝"初心广场"参观的游客，总是慕名前来投宿。营业仅三个多月，食宿营收总额就超过了 10 万元，纯收入将近 4 万元。

"今年我家又装修了几个房间，能住下 20 个人。但去年只能住下 9 个人，生意最好的时候，我只能将客人送到邻居花仁淑家里。

她家的房屋刚好是村子里最后修好的,条件相对令人满意。"张帮琼说。

"最开始,花仁淑居然不同意接收这些客人。"在阳光下,张帮琼爽朗地笑了,"是我逼她收下的。"

就这样,张帮琼无意间帮扶花仁淑走上了创富路。

幸福记

> 从荷池里忙碌后
> 她上岸回家
> 脚上沾满了淤泥
> 她指着旁边的农家乐:
> "这是我家开的,
> 我姓花,花朵的花。"
> 她抱着不到一岁的外孙
> 又说:
> "现在,女儿在家当老板,
> 三代同堂,我再也不孤单。"

下午3点,张帮琼从家里走出来,看到院坝外的小路上有一个年轻女子,背上背着一个婴儿,正扛着锄头从背后的山上回来。

看见那个女子,张帮琼立即喊道:"园莉,你妈妈呢?在家吗?"

女子身材娇小,不过二十来岁,回答说:"我妈到村里去劳动了,听说是去给荷花田锄草。"

张帮琼问的这个女子,名叫马园莉,刚满25岁,是脱贫户花仁

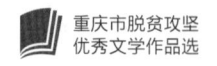

淑的大女儿。

作为华溪村最集中的农家乐集聚地，偏岩坝开设了9个农家乐，开设率占比达75%。花仁淑正是这里第二家开设农家乐的农户。之所以开设农家乐，全是张帮琼无意间"逼"出来的。

几年前，因为丈夫生前患病治疗和搬迁建房负债，花仁淑家成了贫困户。她有两个女儿，小女儿马青秋中学毕业后在石柱打工，大女儿马园莉已经结婚，本来在石柱县城开美容店，大女婿孙万里是附近三益乡中堆村人，曾经在山东务工。沿着金溪沟河逆流而上，走不到一个小时，便是孙万里的家。解放前，三益乡属于中益联防，中益这一名称的由来，就是因为这个联防范围内有两个著名的集市，分别叫中坝场和三益场，取前者首字和后者尾字，便有了中益这个新名字；而今，中益乡政府所驻的地方便叫中坝场，三益场则是三益乡政府所在地。

马园莉和孙万里结婚后，自己仍在县城做美容，孙万里则继续到山东务工。2019年初夏，孙万里在工地上摔伤骨折，在医院住院治疗一段时间后，为节省开支，出院回到老家治疗休养。

2019年6月下旬，一大早，花仁淑就听到喜鹊喳喳叫，抬头一看，原来是门前树上飞来了一只喜鹊。"有喜事了。"花仁淑心里想，"难道是大女儿要回来看我，给我送好吃的回来孝敬我？"

到了黄昏，大女儿并没有从县城回来，正在门边远望的花仁淑不觉有点失落。暮色中，月亮升起，她却看到张帮琼带着四五个陌生人朝她家走来。

听到张帮琼说，这是来自重庆主城的游客前来给钱住宿时，花仁淑还觉得有些不乐意，也有些不自在。花仁淑的丈夫已经去世，房子刚修好不久，按照当地土家人热情好客、纯朴善良的传统美德，来者都是客，都应热情接待，拿出家里最好的酒菜，让出家里最好的床被，要用最好的洗脸盆盛上洗脸水，再放上崭新的洗脸帕让客人洗脸。这一切都是免费的，有客人来，说明这家人待客热情、人缘好，这可是一家人的荣耀，怎么能够收费呢？何况自己就是一个只知种地的农民，怎么可能当老板呢？

知道了花仁淑的顾虑，在外打过20多年工、见过不少大世面的张帮琼却说："这附近没有农家乐，我家又住不下了。人家远道而来，现在天又要黑了，你让人家到哪里去住宿？"

花仁淑有点为难了："那好吧，只要瞧得起我们乡下人的房子，就来住吧。谁家能顶着个房屋和床走路呢？我可不敢收钱。"客人听说后，上楼望了望，觉得条件还不错，便在花家住了下来。这一住，倒让花仁淑宽下心来。因为客人临走时，不仅夸她勤快贤惠，房屋打扫得干干净净，还付了住宿钱，真诚地对她的热情款待表示感谢。

拿着客人硬塞在手里的几百元钱，花仁淑觉得很意外，没想到这也能赚钱，比种庄稼划算多了。几天后，她把这事告诉了来看望自己的大女儿一家。和花仁淑相比，马园莉和孙万里在外打过工，有一定的经济头脑，听到母亲这么说，小夫妻俩立即想到了商机，便鼓励花仁淑开设农家乐，并表示装修投资需要的钱由他们去借。

花仁淑却为难地说："即便要开农家乐，我这个老太婆一个人也忙不过来啊，还不是得招聘一两个服务员，按照乡里的行情，每个服务员一个月至少要开1500块钱工资，到时赚的钱，可能连开工资都不够。"

谁知马园莉却说："我和万里也投资入点股，冬天营业淡季时，我们到附近的石柱县城打点短工，夏天旺季我们就回来帮忙。"

花仁淑一听，乐了："那就好。"想到丈夫去世后，自己一个人独守新房，连个说话的人也没有，如果农家乐一旦开起来，不仅有大女儿大女婿回来帮忙，还有客人前来食宿，肯定热闹得很，何况自己抽空还能抱抱外孙，那真是一种乐事。

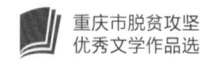

花仁淑和女儿分头行动，找亲友和银行借贷了10万元，将房子装修了，并购买了床铺、电视和被子。2019年8月，花家农家乐正式开业。没想到，开业后就生意红火，每天都有游客前来入住，仅仅两个月的旺季营业时间，营业额就达到5万多元。

除了能挣钱，花仁淑还觉得自己服务意识和厨艺也提高了不少，听到游客都称她为"花老板"，她心里觉得甜滋滋的。确实，刚开始她还挺担心自己家的住宿条件不好，自己做的饭菜不符合城里人的胃口，没想到"万企帮万村"项目入驻华溪村，重庆陶然居、劲力酒店和石柱县城陈田螺、土家碉楼等餐饮住宿企业纷纷响应党的政策号召，充分履行企业家的社会责任和担当，对口"一对一"帮扶华溪村的农家乐。对口帮扶花仁淑和另一家脱贫户马世沛的陶然居，不仅给花仁淑送来价值数千元的桌椅，还免费对花仁淑和她的女儿女婿开展住宿餐饮技术培训。

经过企业的对口帮扶和培训，花仁淑和女儿女婿不仅提高了服务质量，还对继续扩大农家乐经营增强了信心。

2020年春节，花仁淑和女儿女婿商量后，决定再借贷几万元，将农家乐再次装修并提档升级。

有了这种想法，马园莉和孙万里更是配合花仁淑将农家乐作为主业来做。2020年春天，由于受新冠肺炎疫情影响，马园莉在县城开的美容店没有开业，但她在家也没闲着，每天都背着孩子，提着锄头，到屋后的山上，用曾经给城里人美容的纤纤小手挖地种菜。"这些菜，都是天然无污染的，游客们都喜欢吃。"马园莉说，"等到夏天客人多起来后，我家的蔬菜绝对能保证供应，也更能让游客满意。"

我们正与马园莉和张帮琼闲谈时，花仁淑正好从村里藕田里劳动放工回来。她在门前的水龙头下洗了手，将马园莉背上的孩子放下来，高兴地抱着，脸上满是幸福和慈爱："今天又收入了100块钱。现在村里的务工机会很多。你们看，我们这里修建'美食一条街'，有施工队正在帮我们修下水道，以及村子里的花台、小路呢，到时种上了花花草草，我们偏岩坝就更美了。"

花仁淑的幸福是有底气的。近年来，华溪村村级集体经济组织不断扩大，不仅组建了村股份经济联合社，还成立了中益旅游开发有限公司，主要开展旅游开发、中药材种植和销售、中蜂养殖、农副产品加工等业务。作为脱贫户，她不仅兼职当了村里的保洁员，每个月有400元的工资收入，且能在村集体经济组织里找到零工做，还能从公司年底分红中分到一些红利，更能从农家乐经营中得到更多的收入。

而今，花仁淑最大的愿望是，除了利用即将开业的乡村"美食一条街"将农家乐开得更好更兴旺，还盼望小女儿马青秋像她的姐姐一样，旺季也能回到家里经营农家乐："这样，我们一家人就能幸福地生活在一起了。"

看到花仁淑通过农家乐将外出务工的年轻人请回了家，偏岩坝其他老人也坐不住了。刚从江西南昌打工地回家养病的马世胜，赶紧给两个在外地打工的儿子打电话，让他们马上回家，商量开设农家乐的事。

28岁的小伙子马维，正是被父亲马世胜从千里之外的浙江桐乡请回来的。

"骗"子记

空气中弥漫着
春天向上的气息
站在阳光下，他说——

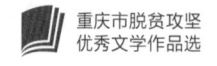

去年，他因病返乡

农家乐刚开业

人手缺少

便向东方挥挥手

在浙江打工的大儿子回来了

向西方望了一望

在成都打工的小儿子回来了

  花仁淑提到马维的时候，马维正在门前打电话，准备找人修理下水道。他的父亲马世胜正在门前一隅的柴屋里忙碌，铁锅里煮的正是拌有米糠的野菜和蔬菜，空气中立刻弥漫着一股乡村才有的猪食味道，这种猪食是土家山寨特有的，糅合了谷糠和至少四五种野菜、蔬菜的味道。

  此时，外来的施工队正在村子里忙着美化花台、道路和院坝，为即将开业的乡村"美食一条街"进行环境整治。为了跟上潮流，马维决定对家里再进行精装修，以便夏天旺季到了，客人能够对自己家的条件表示满意，优先选择自己家居住。

  28岁的马维是被父亲"骗"回来的。他中等个子，不胖不瘦，见过世面的脸上依然保留着土家人的纯朴。对人热情的他，脸上总是带着微笑，见到我们，立即将我们带到家里客厅坐下，向我们讲述他被迫回家当老板的经历。

  2019年8月上旬，远在数千里外的浙江桐乡，马维接到父亲马世胜打来的要求回家的电话时，没想到是回家来当农家乐的老板。

  马世胜是偏岩坝9家农家乐老板中的3个非贫困户之一。2014年，马世胜将房子搬迁到新址后，为了还上修房时借的一点债务，他决定到外面去打工。"我是一个乡下人，一旦欠了债，总觉得应该早点还上，因为别人家的钱也是一分一分地攒下来的。"马世胜说。

当时，大儿子马维已经前往浙江桐乡务工，可时年16岁的小儿子马俞还在读高一，正是读书花钱的时候。马世胜知道马维在外也不容易，不想依靠大儿子挣的钱来还债："他自己挣的钱，就留下将来找媳妇结婚用吧。"

中国人外出务工喜欢抱团发展，石柱土家人更有这方面的传统，比如沿溪镇几乎一半的人都在贵州西南部当木匠和开家具店，中益和三益两个乡的人则主要集中在浙江桐乡和广东东莞的塘厦镇。本来，马世胜也准备到浙江、广东去打工，可出门后遇到几个石柱老乡，几个人便一起跑到江西南昌，在一家建筑工地上班。

经过几年的发展，马世胜不仅供应小儿子读完了高中，也还清了所有债务。2018年，小儿子加入到打工队伍中来，在成都一家公司上班。一家人有三个男人在外打工，日子过得越来越好。可是，偏偏在这个时候，马世胜却得了病。

2019年6月，马世胜起床后突然觉得全身不舒服，坚持上了一天的班后，回到住处居然连饭也不想吃，只觉得非常累。第二天一早，他请假到医院做检查，却被告知是糖尿病且有并发症，肝脏上也发现有一个囊肿。花了2万多元进行治疗后，医生告诉他，这是一个"富贵病"，除了每月花费1000多元药费外，还不能做重体力活，只能自己将息自己，注意多休息。

马世胜决定回到家里休养。平时没事，他喜欢在村子内四处走走，既锻炼身体，也打发寂寞。看到张帮琼和花仁淑开设农家乐赚钱，何况花仁淑还让一直在外打工的大女婿回家投资当了"股东"，马世胜心里也跃跃欲试："我现在不能劳动，不能挣钱，只会花钱，长期这样坐吃山空下去，毕竟不是一个事啊。既然农家乐这么挣钱，我们以前打工也有一些积蓄，干脆也全部取出来，同时找亲友们借一点，也开设农家乐。"

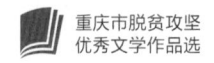

马世胜怕儿子马维不同意，便打电话给马维，只说家里有急事，让他马上回来处理。马维从浙江坐动车赶回家，进屋知道父亲的想法后，也表示大力支持，只是对自己回家经营农家乐持保留态度："我们这里这么偏僻，搞农家乐就是夏季两三个月，能挣几个钱呢？我一个大男人，还得到外面去闯荡才对。"

父子俩拿出全部积蓄，将家里的新房进行了装修，也在2019年9月开起了农家乐。虽然只营业了不到一个月，营业额只有1万多元，但还是让马世胜看到了很好的发展前景。只是因为自己病后不能参加劳动，家中缺少一位强有力的经营者，他就动员马维留下来，可马维始终不肯，马世胜急了，说："只要你肯留下来，你一个月在外面能挣多少钱，我给你开多少钱的工资。"

马维一听，有点乐了，开玩笑说："你的意思是你当董事长，聘请我来当总经理？"玩笑是玩笑，作为家中的长子，他知道父亲心中的想法，是想让自己到县城帮扶自己家的两家企业去学点经营管理知识，回来好好将农家乐生意做好，让家里装修投资的10多万元不至于打了水漂。

虽然这么想，可马维却建议："我在浙江已经有了一定的基础，工资也不低。如果非要有一个人回来当老板，最好是请弟弟回来，他刚到成都不久，工资也不高，可他年轻好学，回来当老板最好。"

马世胜一听，心里更急："我就知道你会这么推托。你不知道，你弟弟刚到成都，还有点留恋大城市的繁华，我打电话他都不愿意回来。"

话说到这里，马维再也无法推辞了。从内心深处来说，他是不想回到家乡的，作为年轻人，他觉得在外面打工有许多好处，除了能看到大都市，生活条件好，增长许多见识，最关键的是难得的自由，不需听家人唠叨般的关爱，这也是当初他不肯跟着父亲到南昌打工，弟弟又不愿跟着他到浙江打工的真正原因。他心里一直认为，家乡再怎么发展迅速，在短短四五年内，是无论如何也无法跟经济发达的浙江相比。但是，以前父亲身体健康时，他完全可以在外自由自在地打工，可是现在父亲病了，按照土家人的传统尽孝美德，需要他或弟弟回家照顾，这是作为儿子义不容辞的义务和责任。

而今，父亲投资办起了农家乐，在家也能挣到钱，而作为年长几岁、已经在外见过世面的哥哥，面对想在成都发展事业的弟弟，他无法开口劝弟弟回来。想来想去，马维决定，先在家干一段时间试试，要是既能挣钱，又能尽孝，还能让弟弟安心在外发展，自己就再也不提出门打工的事了。

他利用秋季来到石柱县城，在"一对一"帮扶自己家的陈田螺和土家碉楼两家餐饮公司学习厨艺。在帮扶期间，这两家公司联合出资6000多元，给他家送来了床单、枕头、浴巾等用品，以及6桌餐饮的全部碗筷盘子。

2020年春节，受疫情影响，从成都回家过年的弟弟马俞无法返回成都，兄弟俩便在一起交流，探讨如何将家里的农家乐发扬光大。经过商量，兄弟俩最终决定，先由马维在家经营，等生意红火需要人手时，马俞就从成都回家帮忙。

学了厨艺后，马维对经营农家乐有了信心。马世胜也大力支持儿子一展手脚，为了让客人吃上土猪肉，他特地饲养了几头土猪。

"现在党的政策很好，特别是'美食一条街'在我们偏岩坝的打造，我觉得我们的生意会越来越好。"马维说，"何况我家还有县城陈田螺等几家餐饮公司的对口帮扶呢。"

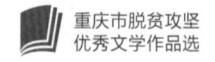

拜师记

> 阳光下，马维描绘着
> 城里陈老板的美德与成长史
> 他想象着
> 自己也会如此成为老板
> 一个励志的榜样站在那里
> 他憧憬着，说：
> "我会学习他的美德，
> 让更多的人，感受春天！"

"现在，经过参加城里餐饮公司的对口帮扶技术培训，我终于想通了，只要肯学肯做不害懒，在家肯定也能干出自己的一番事业。"阳光下，马维摆开了龙门阵，谈起了对帮扶人陈老板的印象——

我叫马维，是马世胜的大儿子。我们这个地方叫偏岩坝，是全村农户发展农家乐最多最集中的地方。今天天气很好，春天已经真的来了，疫情已经得到有效控制，村里已经有人前往浙江、广东去打工了。我的弟弟也想走，他是到成都，他总觉得成都很好，还说全中国只有两个最休闲的城市，就是成都和杭州；其实他不过才到成都一年多，就喜欢上了那里，总爱拿成都的宣传语炫耀，说什么"成都，就是成功之都"，宜居，是平原，住起安逸。是我好说歹说，才将他劝留下来。我说，弟弟，你看到没有？院子里正在搞修建，修的不仅是路，还有花园，都是政府为了我们发展农家乐而建的，听说是"美食一条街"。我相信疫情会在夏天结束，我们的生意会越来越好。

记得在2019年秋天，我刚从浙江回到石柱，便按照父亲的盼咐，坐上客车，极不情愿地来到石柱县城一家餐饮公司，免费学习餐饮业务。

初到县城时，我的心里是忐忑的，总怕自己笨学不好，更怕担任石柱县餐饮协会会长的公司老板发火。当然，我也很纳闷和好奇，是不是大老板都喜欢做点慈善来提升生意的人气，也就是变相地打点广告？让我没有想到的是，这个陈老板非常和善，一点没有架子，偶尔出现在餐厅，总让人觉得就是一个普通的大堂经理。我知道尽管县内有些报纸媒体报道过他的善举，但我知道，在你写的书中提到他的名字，可能有宣传他的公司的嫌疑，所以，我就不说他的名字了，只称他陈老板。

在这里，我学了一个多月，跟着陈老板和店里的厨师，学会了凉拌莼菜、莼菜肉片汤、山菌土鸡汤等十几个土家特色菜。但是，相对于厨艺来说，我觉得收获最大的，还是学习到了陈老板作为企业家的一些美德。

因为在这一个多月的时间里，我从一些员工嘴里，了解了陈老板成长为一名企业家的经历，对陈老板全心推出土家特色菜肴的义行和乐于扶危济困的善举有了较深的了解，也对学好餐饮有了信心。

餐厅里有位老员工，在这里已经上了十多年的班。我对陈老板的印象，大多来自他的介绍。40多岁的陈老板出生在南宾街道红井社区，那时叫做南宾镇红井村，位于城郊，与县城只隔了一条龙河。30年前，从县城中学毕业后，家庭贫困的他不得不回家"子承父业"，当起了菜农，每天清晨摘下蔬菜，用三轮车运到县城农贸市场出售，下午则回到地里劳动，吃过不少苦。有了一些积蓄后，

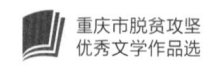

1992年，他开始尝试做餐饮，凭借"诚信"的招牌，在县城逐渐有了名气，生意逐渐做大。为了突出餐饮特色，他精心研究土家菜肴，挖掘了以田螺和鸽子等食材为原材料的独家经营菜肴，县城食客不仅因此一饱口福，还免费口口相传帮他做了宣传。

后来，陈老板成立了包括数家特色餐饮店在内的餐饮公司，经营范围包括土家火锅、特色中餐以及香菌宴、鸽子宴、洋芋饭等康养美食，由于诚信经营、乐做善事、待客热诚，生意十分红火。企业发展壮大后，陈老板着力回报社会，不仅在企业内重点招收务工贫困户和暑假打工的贫困学生，还出资成立了员工读书基金，为员工孩子读书提供奖学金和助学金。

听说在2018年夏天，沙子镇一名学生参加高考后，考虑到家里全靠母亲一人在外打工挣钱，为锻炼自己的能力，减轻家庭负担，他决定到县城做暑假工。在做这个决定前，他早已做好收入较低的心理准备。没想到，首次到陈老板的公司应聘，招聘经理便给他留下了一个工作岗位。这个学生不相信这么容易，问："试用期多长时间啊？"他是害怕试用期太长，而假期只有两个月，一般来说，试用期工资都比较低。哪里知道，这位经理对他说，陈老板已经打招呼了，凡是假期来打工的学生，都按照一般员工标准拿工资，不讲试用期。

我去的时候，陈老板的餐饮公司有好几家分店，分布在县城人流汇集的地方，有将近200名员工，其中脱贫户就有10多名，大多数都是女服务员。依靠党的好政策，靠在陈老板的公司打工，她们的家里都实现了脱贫。"只要愿意努力，我们公司都愿意收，都表示欢迎。"这是陈老板的原话。我去了不到一周，就有一位女子前来应聘，有认识她的，便说："你家老公在银行上班呢，工资那么高，不在家做家庭主妇，还来起早摸黑地上班，何苦呢？更何况顾客有时会颐指气使，你受得了吗？"

这个女的听了，却说："以前孩子还小，在县城读书，需要照顾，我在家忙完没事，就爱去打点小麻将，有时甚至坐上桌子就不愿下来，我知道这是不对的，可我有时就是忍不住。现在孩子大了，住校了，生活能基本自理了，还有了主见，鼓励我出来打工，顺便戒掉麻将瘾。我老公虽然不同意，说是有点丢他的面子，但我还是想自力更生。"

这个女的说的话，给了我很大的触动，让我更加觉得应该学好厨艺和管理。

陈老板对贫困户有很深的帮扶情结。听说早在2016年，他就定点帮扶万安街道灯盏村，村里10个贫困户种出的蔬菜和饲养的猪、鸡、鸭等，他都以高于市场价格按时定点收购。同时，他还指导这些贫困户发展循环产业，利用家禽家畜的粪便制成有机肥浇灌庄稼。由于公司分店多，食材需求量大，只要贫困户肯劳动，不怕苦和累，所有农副产品都直接收购，很快，这些贫困户就实现了脱贫。听说，在2018年，公司就收购了近10吨土豆，近1吨辣椒和60多头肥猪，不算其他的，仅算高于市场价的钱，据说就有好几万块钱，这就是陈老板这个企业家对脱贫户的扶持。

我在陈老板的公司学了一个多月，免费吃住，不收任何费用。在这里，我不仅学到了经营餐饮住宿的接待艺术，还学会了几个拿手菜，厨艺大为长进。特别值得炫耀的是洋芋饭，这是陈老板在当县人大代表时提出来的，他说石柱山区特别适合洋芋的种植，洋芋淀粉多，营养丰富、口感好，重庆许多区县的群众都很喜欢石柱洋芋，20世纪80年代便有彭水等地的人跋山涉水前来抢购，石柱民间很早也有做洋芋饭的传统，所以应该发扬光大，不仅是煮洋芋饭，还应将酸鲊肉、豆花、包谷粑、海带炖猪蹄等传统佳肴拿出来，在菜系上创新。现在，在石柱县城和各个乡乡镇，洋芋饭和系列菜肴都很红火，特别是在县城附近的六塘、万安、南宾、下路、大歇等乡

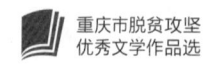

镇、街道的公路边，有许多农家乐都爱经营这种饭菜，来吃的客人不少，价廉物美。

我觉得，我在陈老板身上学到了不少企业家的美德。我想，在今后的农家乐经营中，我会努力学习他的善举和义举，学习以略高于市场价的价格上门去收购贫困户的农副产品，帮扶这些贫困户，学习善待员工，学着招聘脱贫户和低收入家庭到我家来上班，学着做一些公益事业……

奔跑记

> 阳光很好，山中空无一人
> 耳畔有风吹过，只听见蜜蜂的歌唱
> 他在山路上奔跑
> 每一处蜂箱，像山间的客栈
> 只有蜜蜂可以免费登记入住
> 昨夜，有一群蜜蜂像旅行者
> 远道跋涉而来
> 在这里借宿，安营扎寨
> 他这个客栈老板
> 喜欢它们甜蜜的语言
> 不收分文，让它们
> 在风中采花，在岁月里成蜜

2019年冬天，石柱县餐饮协会会长陈德勇开车送免费的餐饮用品到偏岩坝农家乐去帮扶马世胜的时候，在路上总会看到右边大山上有一处石洞，洞口上写着五个龙飞凤舞的大字"中华蜜蜂谷"。

五个字，是红色的，代表着华溪村红红火火的蜂蜜产业。

华溪村有良好的自然环境，蜜源植物十分丰富，早在明清时期，这里的中蜂和蜂蜜就非常有名，往来于巴盐古道上的背夫、商客，都将这里的蜂蜜当成珍贵的礼物，带回家中送给家人和亲友。近年来，在村集体经济组织的引导下，华溪村大力发展蜜蜂产业，涌现出许多养蜂人，他们在大山顶上放养蜜蜂。脱困户谭启云就是村里上百个养蜂人之一。

谭启云家住金溪组隔壁院子，是一个二合院，正屋五间，与十米外的公路垂直，左厢是个陡峭的坡壁，右厢有两间房，最边上的厕所就靠近路边，外观很漂亮，里面很整洁，门上有锁，但谭启云一直没锁过，说是要为过往的村民和游客提供方便。

"青山就是我们老百姓的金山银山。"2020年3月15日上午，谭启云坐在院坝内的板凳上，讲述着一年来他在山上养殖蜜蜂、山羊和肉牛，忙着勤劳致富的平凡故事。

谭启云50岁了，父母是村里勤劳善良的农民，因为山区海拔较高，坡度较大，耕地少，粮食产量低，一家人再怎么勤奋耕作，一年到头也只能基本填饱肚皮。大哥结婚后，大嫂生下孩子不久便因病去世了。家里再也没有经济能力，娶不起媳妇，大哥只能到官田坝街上去"招了驸马"（中益乡农村雅语，即当"上门女婿"）。

因为家里穷，谭启云直到40岁才和50公里外的大歇镇村民欧中兰结婚，生了两个女儿，加上妻子带来的两个儿子，全家共六口人。夫妻俩勤劳能干，分工合作，在家发展养殖业，加上两个儿子成年后都在外务工，在当地算是有一定存款的殷实户。

日子越过越好，谭启云心情也越来越好。可是一场突如其来的变故，让他家迅速负债。

2016年7月，在深圳一家推拿店工作的大儿子突然觉得全身有些不舒服，头有些昏。26岁的他以为只是简单感冒，并没在意。就

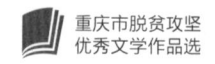

这样坚持了三个月，大儿子觉得越来越不对劲，头部昏痛状况渐渐加重，手脚也有些不灵活。10月，大儿子请假到当地一家医院看病，被诊断为脑寄生虫病，做了开颅手术。为减少费用，大儿子出院后，谭启云立即将他接回到石柱县中医院，做了一年多的康复治疗。因为大儿子在深圳和石柱都没办理医疗保险，这场大病前后花费40多万元，让谭启云一家因病致贫，除去原来的积蓄，还负债20多万元。

"我现在最后悔的事，就是这件事。"谭启云说，"当时，我打电话给他，他说在深圳，公司会给他办，结果他一忙事，就搞忘了，最终两地都没有办，个人和公司都没有办。从这件事来说，也说明国家实施的新型农村合作医疗政策是多么的好！"

正是有这样的教训，谭启云总喜欢对村民说："一定要买新型农村合作医疗保险，不要以为自己年轻、身体好，就疏忽大意。何况买这个保险也花不了多少钱，完全是党和国家对我们农民的照顾与帮助！"

面对巨额债务，谭启云有些束手无策。这些债务都借自亲戚朋友，他们都是农民，经济也不宽裕，虽然这些钱不要利息，但按照土家人不成文的习惯约定和信誉，谭启云必须在短短两三年内还清——如果债主家临时确实有紧急事需要花钱，借债者还必须做到随要随还。

那段日子里，谭启云每晚都愁得睡不着觉。为了不影响妻子休息，他总是起身到院子里散步，心中却在默默盘算着未来：四个孩子中，大儿子病后右侧手脚半瘫，无法外出打工，5岁的小女儿也有轻微的残疾，大女儿还在中益乡小学读书，这三个孩子都需要妻子照顾，家里原来打工的四个人，现在只剩下他和小儿子可以挣钱。可是才20岁出头的小儿子在县城与人合伙开店做小生意，不仅没有多少收入，还需要家里资助呢。

顶着"殷实户"的帽子，被债务和现状压着的谭启云却始终看不到一家人未来的希望。

"山重水复疑无路，柳暗花明又一春。"2018年，经过村里的精准识别，谭启云家因为负债被核定为贫困户，享受到了国家相关政策红利，这一下子让他增添了信心和希望。他让妻子在中益乡场街上租房，除照顾27岁的大儿子外，还负责照顾两个女儿读书；又借资几万元，让小儿子到石柱县城开起了蛋糕鲜花店，他则独自留守家中，下定决心大力发展养殖业，争取早日脱贫致富。

谭启云在家里养了几头猪，又在山上散养了4头牛和50多只山羊。两年来，他跑遍了四周的大山山顶，跑坏了6双鞋子，为了路更好走，"披荆斩棘"砍坏了三把砍柴刀。从山上的板子湾、周家湾、蜂桶岩、油榨湾、窟窿寨、黄连坪到一线岩等20多个地方，他一共放了200多个蜂箱，成功招引了32箱野生蜜蜂入住。除了在家喂猪，只要上山，他一般每天要从早上忙到傍晚。

辛勤的劳动为他带来丰厚的收获，当年收入便超过了10万元。2019年底，经过连续两年的努力，除开家庭日常开支外，他基本还清了所有债务，成功实现了脱贫。

谭启云说："总的来说，养羊的收入还可以，特别是偏岩坝农家乐产业发展起来后，烤羊子和羊肉汤锅卖得很好，需求会更大，我们养的山羊又是在山上纯天然散养的，肉质鲜美，我们的收入会更好。"

2020年初，谭启云一家享受了贫困户居民点购房政策优惠，在乡场上的柿子坝居民点有了一套宽敞舒适的住房："妻子带着孩子在乡场上住，两个女儿读书和大儿子就医，就更方便了。"

让谭启云欣慰的是，小儿子投资3万多元的包子店亏本关闭后，却没闲着，更没灰心，而是主动给他打电话，又找他借了2万多元，在县城南门口繁华地带开了一家蛋糕鲜花店。"只要他努力，肯做

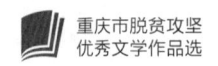

肯向上，我们做父母的就应全力帮助他。"谭启云说。

对于未来，谭启云总是充满信心。"现在政策这么好，我也才五十岁，还要趁年轻多挣点钱。"他唯独担心大儿子和小女儿这两个孩子，总想多存点钱，将来两个孩子就基本衣食无忧了。

很快，在阳光下享受温暖的谭启云就觉得自己作为父亲有些多虑了："如今党的政策这么好，还会越来越好。我想，他们的生活也会越来越好的。"

新生记

> 春天，阳光弥漫
> 昨夜春雨淅沥，滋润大地
> 屋后的蜜蜂
> 飞过屋檐，落在屋前的兰花上
> 他步伐轻缓
> 移步花下
> 给十几只鸡鹅撒下玉米
> 空中嗡嗡嘤嘤，地上咯咯哒哒
> 院子里春意盎然，热闹非凡
> 门背后，那根拄了两年的拐杖
> 在这个春天，终于"退休"

谭登周住在谭启云的上边，两家是坡上坡下的邻居。从谭启云家的地坝出发，沿着石梯往上走十来米，便是谭登周家。

这是一个三间横排式的土家吊脚楼小院。昨晚下了一场小小的春雨，院子里的春意，在阳光下显得更加盎然。

2020年3月10日上午，64岁的谭登周从屋后山上蜂桶处回到屋檐下，鞋子上沾了一点新鲜的泥土。走了将近十分钟的山路，他有些气喘，但他望了望门前摆的一根板凳（这根板凳他经常光顾休息），又笑着往地坝边沿走去。

那里一字形摆着七个花盆。花盆就地取材，显得有些简陋：三个是由胶制菜油壶改的，两个是陶瓷盆，一个是破锑瓢，剩下的则是一个旧碗。花盆简陋，种的却是谭登周十几天前从山上挖回的兰草，有五盆已经开花，散发着淡淡的清香。

"我的病，已经好了不少，我要多养点蜜蜂，多搞几个产业，多挣点钱。"谭登周的声音很小，但精神很好，看不出是一个大病初愈的老人。他一说话，就露出一口洁白的牙齿；春节前，小儿子谭弟海花了1800元，刚给他换了一副固定的假牙，以前的假牙是活动的，每天晚上睡前必须取下，他很不习惯。

谭登周有两个儿子，大儿子在贵州安了家，小儿子跟着儿媳妇在几里外的三益乡居住，平时小两口在广东东莞塘厦镇务工。今年春节，受疫情影响，大儿子一家未能回家过节，小儿子便每隔几天前来看望他。

因为大脑受损，谭登周不停地挠头，才能努力回忆起自己摔伤时的情景。2018年3月10日上午的经历，让他不堪回首……

那天上午，小雨时而淅沥，时而停止。石柱有土家民谚："落雨稀稀，好煮吃的；落雨垮垮（指雨下得大），好煮嘎嘎（指肉，一般指挂在灶台上的熏腊猪肉）。"按照习惯，由于天晴时都忙于劳动，偶尔出现的下雨天便是石柱土家人在家改善生活的日子。可是等到9点多，闲不住的谭登周还是给妻子焦光润打了一个招呼："我上坡做农活去了。"

焦光润比他大10岁，有一些慢性病，下雨天更严重一点，听他说要去干活，便对他说："在下雨呢，等天晴再去吧。"

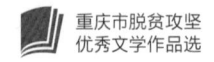

谭登周笑笑说:"这雨啊,下了好几天了。再不上坡,就真的成懒鬼了。"焦光润见拦不住,就叮嘱他:"下雨天路滑,自己上坡(指上山劳动)去,注意点。"

谭登周说:"我又不是几岁的孩子,晓得呢。午饭煮熟了,就打我电话,我把手机带起。"说罢,就扛起锄头,小心翼翼地沿着石梯而下,到金溪沟河边的地里劳动。

村里的地坡度大,为了防止山洪暴发冲毁庄稼,河边砌起了十来米高的堤坎,将几亩地圈在里面。上午11点,由于山高坡陡,谭登周只能往后退着挖地,一不小心踩到一块很滑的石块,瞬间便跌倒摔到金溪沟河里,他先听到了骨折的声音,还没完全感受到疼痛,就像头部被人打了一棒,整个人马上失去知觉。随身所带的手机也从口袋里掉了出来,落进金溪沟河水中。

幸好扶贫驻村工作队员从这里路过,远远看到一个身影从地里跌进河里,马上跑过去,将嘴里溢血的谭登周救了起来,送到乡医院。乡医院从没见过这么严重的摔伤,便用救护车将谭登周紧急转送到县医院。在县医院重症监护室昏迷半个多月后,谭登周才醒了过来,肋骨、肩胛、膝盖多处骨折,牙齿几乎掉光,头部、肺和心脏等多处受损,具体受伤程度让人触目惊心:

左肋骨12根断了7根。

嘴里牙齿几乎全部摔掉,只剩下1颗牙齿。

左肩胛骨折。

左膝盖骨折。

肺部挫伤。

脑挫伤,额前有一个山杏大小的凹陷。

双手指关节骨折。

其他全身多处软组织受伤。

……

"老谭，幸好你是左边着地，双手在空中减缓了冲力，要是平躺着摔下去，伤了脑袋，就很难治好了。"等他醒来，医生安慰他说，"大难不死，必有后福。只要好好静养，肯定能康复。"

谭登周在医院又住了将近半年，医疗费花了15万多元，直到国庆节后才基本康复回家，至今头上仍有一个山杏大小的小窝。在国家好政策的帮助下，医保报销了13万多元，谭登周个人只付了1万多元的药费。考虑到他的困难，2019年底，村集体经济组织又从盈利中给他发了1万元救助金。

"要不是村里搞驻村扶贫，当时刚好有驻村扶贫干部路过，救治及时，要不是村里的公路好，还有高速公路通县里，我能不能脱离危险都肯定是问号。"谭登周说。

受伤前，谭登周虽然已有63岁，但还是家里的主要劳动力。出院后，谭登周因膝盖受伤不得不拄着拐杖，肺部和肋骨受伤让他不能大声说话，大脑受伤又让他神志有点恍惚，出院十来天后，他才发现自己的手机摔在金溪沟河里，应该早就已经摔坏了。这些伤情，让他丧失了基本劳动能力，而妻子焦光润已70多岁，无法从事较重的体力劳动。眼看一家人生活困难，谭登周也觉得有些发愁，但党和政府着力解决"两不愁三保障"突出问题的政策措施，很快让他们有了过上幸福生活的体会。

在党的政策的关爱下，谭登周把土地流转给了村办集体经济组织，村里将他和妻子纳入低保户，让他担任义务护林员。为报答党恩，他坚持在晴天拄着拐杖巡山，如果遇到下雨，就委托妻子代为巡护。

同时，家庭签约医生刘新江定期上门为谭登周服务，让他的身体慢慢得到了恢复，精神越来越好，拐杖扔掉了，脸上的笑容越来越多："一年前，总书记专程前来看望我这个病人，我真的很感动。"

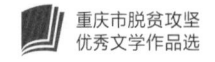

2019年4月15日下午,习近平总书记来到谭登周家走访慰问。备受鼓舞的谭登周决定继续坚持发展产业,报答党恩。

2019年春节前夕,谭登周曾特地想了一副对联,然后拄着拐杖找到识字的村民,请人写了一副对联:"九死一生靠政策,三病两苦有医保。"横批则写的是"共产党好"。将对联拿回家后,按照土家人习俗,在吃除夕团圆饭前,他让小儿子谭弟海将对联贴上,然后一家人才开开心心地吃团圆饭。

一年来,在党和政府的帮助下,他先饲养了10箱中蜂,其中5箱就放在屋后不远的山坡上。随着身体的逐步好转,他又增加了一些力所能及的产业,喂养了17只鸡和1只鹅,让在深圳打工的小儿子买来销售饮料的柜式机,给前来华溪村参观旅游的游客提供方便。

在春天里,谭登周算起了2019年的收入账:

护林员年工资6000元。

土地流转收入1500元。

低保兜底收入超过1万元。

退耕还林、林业直补收入600多元。

养蜂收入1000多元。

夫妻俩总共收入将近两万元。

"所有的收入都靠党的好政策。"谭登周说,"随着身体的康复,我要努力劳动,答谢党和政府的恩情。"

2019年底,谭登周在巡林时,无意间发现了一株野生兰草,便对培植兰草产生了兴趣。他开始在院坝里培植兰草,目前已拥有30多窝兰草。

"有了兰花和蜂蜜,我家未来日子一定会越来越好!"谭登周决定,今年计划再增加饲养5桶至10桶蜜蜂,把幸福的日子过得更甜蜜。

说这话的时候,他容光焕发,极像一个已经全面康复的健康人。

在这个春天里,似乎恢复了健康的谭登周并不担心自己,倒是担心妻子焦光润，因为她有多种慢性病，经常发作，让他十分牵挂。

几天前，焦光润患上重感冒引发了一些慢性病，新的家庭签约医生马清及时上门巡诊，将她接到乡医院住院治疗了一周，康复出院时又将她送回家里……

巡诊记

> 暮色中，晨曦里
> 打着伞，戴着草帽
> 他穿着白衣大褂
> 挎着急救药箱
> 匆匆行走在乡间的小路上
> 在每个病人家中
> 他和同事们一起
> 认真履行家庭签约医生的神圣职责

冬天的一个清晨，山间早起的鸟儿迎着初升的晨曦，在树叶和枝头间跳跃欢唱。马清开着车，跟着蒋凤、刘新江来到谭登周家。在公路边下车后，他们爬上石板路，走过谭启云家的院坝，登上石梯，马清便看到谭登周迈着并不太灵活的步子，提着一个半大不小的胶制水壶，正在院子里忙着给兰花浇水。

马清是中益乡卫生院医生。这是他第一次到谭登周家，虽说没有见过谭登周，但因为早在电视里看过习近平总书记看望慰问谭登周的新闻，对谭登周并不陌生。谭登周对马清陌生，对蒋凤和刘新江并不陌生，看到他们一行走上来，脸上笑了，热情地打着招呼：

"蒋院长，刘院长，感谢你们又来看我们了。"

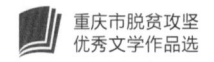

蒋凤是中益乡卫生院院长，刘新江是副院长。对于谭登周来说，这两个人对他都有恩情。蒋凤曾经将摔伤晕死过去的他送到县医院，于他有救命之恩，而刘新江则是他的签约家庭医生。本来按照规定，家庭医生只需一个月到脱贫户家里巡诊一次，但考虑到谭登周大病待愈，妻子焦光润有慢性病，情况特殊，刘新江便坚持每隔两周前来巡诊一次。去年冬天，谭登周突发疾病，是前来巡诊的刘新江及时发现后，将其送到医院住院治疗，很快便痊愈出院。

坐在屋檐下的板凳上，蒋凤指着马清说："老谭，从今年起，小马也是你家新的家庭医生。"

谭登周说："好啊！感谢医院想得周到。刘医生换工作了？"

刘新江说："老谭啊，我仍然是你的签约家庭医生。只是现在乡卫生院在搞设施建设，要提档升级，我是分管领导，有时可能忙不过来。所以，我也叫了小马来，他技术好、能力强，人也年轻。"

谭登周和妻子很快便感受到了马清的细心服务。

进入阳春三月，连续出了两天的太阳，院子里的桃花、李花都竞相开放，一群蜜蜂从远处飞来，然后分成十几队，分别潜入花簇中，整个院子里便全是一片"嗡嗡嘤嘤"。可是，随着天气的突然变化，一场连绵的小雨不约而至，春寒料峭，气温急降，刚脱下棉衣的焦光润被寒冷袭击了，虽然很快便翻箱倒柜找出了棉衣重新穿上，但75岁的她仍然感冒了，咳嗽得十分厉害，人也没有半点精神。谭登周给她煮来一碗稀粥，找到泡菜坛子，翻出了她最喜欢吃的咸菜，可面对屋子里弥漫的原本可以激发食欲的酸气，她只是咽了咽唾液，却没有半点胃口。

妻子一整天没怎么吃饭，谭登周慌了。第二天一早，谭登周又煮了一锅粥，对着焦光润开玩笑说："今天你要是再不吃，让我一个人吃这么一锅，我就给刘院长和马医生打电话，接你到乡医院去输点营养。"

正在这时，院子外突然传来一阵询问声："老谭，在家没有？我们来给你们测量体温、血压，体检一下。"

谭登周出门一看，原来是马清来了。

"马医生，怎么这么早？"谭登周问。

马清说："昨天下午，我在另外一个地方巡诊时，知道这两天降温了，好多老人都感冒咳嗽。焦大姐年龄大了，本来身体就不好，刘院长和蒋院长都不放心，让我早点来看看你们。"

经过认真体检后，马清决定将焦光润接到乡医院治疗，因为这场突如其来的感冒已经引起了她的一些旧病和并发症，必须住院治疗。但是，想到谭登周身体还没完全康复，焦光润却不放心了，马清也感到有些为难。

谭登周安慰妻子说："我早就把拐杖扔了，说明身体恢复得差不多了。你就放心去治病，绝不能再拖了。何况我还有隔壁的谭启云帮忙照顾呢，还有附近院子的乡亲们照顾呢。"

在乡医院，经过马清和刘新江的认真治疗，焦光润完全康复了。出院那天，蒋凤特地来看望她，对她说："今后病了，千万不能拖，要马上给我们打电话，刘院长和马医生的电话号码就贴在你家门边的明白卡上，我们接到电话后，马上派车来接。现在国家对农村的医疗政策这么好，你们也花不了多少钱呢。"

为了消除焦光润的疑惑，马清详细介绍了脱贫户医疗优惠政策：

除了家庭签约医生一个月巡诊一次外，脱贫户和低保户的住院治疗可以报销90%的费用，纳入报销范围内的慢性病和特大病的治疗费用也可以报销90%。居家康复治疗的，县上还出了优惠政策，在24种疾病内，每月可享受100元到200元的药费补贴。

焦光润听了，脸上乐开了花："我想起来了，现在政策真的是太好了，除了国家政策，县上、村里都有优惠政策呢。最近，村里

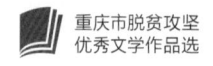

集体经济发展起来了,村里有了资金,还能对我们这些低保户和脱贫户的用药自费部分进行资助。我家老谭摔伤报销了十几万块钱,自家花费了将近两万块,村里王支书就送来了一万块的救助,我家实际只花了不到一万块。"

办完出院手续后,马清又开着车将焦光润送回家。在离家不到一公里的地方,马清看到路边村民的院坝里,中益小学老师马影翠正带着自己家和姐姐家的三四个孩子,在那里上着网课呢。

网课记

> 回忆一年前的美好时光
> 她把总书记的关怀
> 化为扎根山村小学的动力
> 化为爱学生的一片深情
> 而她,始终把习爷爷的关心
> 深深记在心里
> 在新的学校
> 她努力学习,憧憬着美好未来
> 将来当一名记者,要用笔
> 记下伟大祖国的盛世美景

2020年3月中旬的一天,马清将治愈出院的焦光润送回家时,在村子前的一棵参天古树下,正看到马影翠在院坝里给学生上网课。

36岁的马影翠在华溪村土生土长,是中益小学三年级老师,2002年毕业于黔江师范学校,在中益乡小学教书18年,把人生的一半献给了家乡的教育事业。

受新冠肺炎疫情的影响，石柱县中小学都推迟了开学时间，但停课不停学，县教委规定每个学校的老师都要按照课程表时间上网课；为确保上网课时每一名学生都不缺席，还筹资购买了几千部智能手机，送到相对贫困或一时无法购买到上网手机的学生手中。

本来，按照规定，马影翠应在集镇上的家里给学生们上网课。但因为当天老家的父母和大姐一家外出走亲戚，家里的中药材必须晾晒收拾，且大姐家的两个孩子需要照顾，她便带着自己家的两个孩子来到父母家，同时督促四个孩子上网课。

提到上网课，马影翠对一年前村里的电信设备改造十分感激："以前网速一点都不行，要将手机拿到空旷的地方，网速才快一点，否则就慢得很，卡死了。现在可好了，随便在村里任何地方都有信号，网速还很快。"

金溪沟两边的山很高很陡。下午4点，太阳便开始西斜，山的阴影逐渐往河边延伸下来。马影翠刚好上完网课，便指挥几个孩子一起将晒干的药材收进屋子，然后收拾好东西准备回家。这时，重庆主城和县城的几位作家慕名前来采访。

"一年前的4月15日，正好是现在这个时间点，下午4点左右，我带着摆手舞课外兴趣小组的同学，正在操场上跳舞。"提到一年前见到总书记的情形，马影翠说，"这时，大家看到校园内来了一辆车，以前在电视上看到的习近平总书记笑着走下来，和孩子们亲切交谈。"

提起一年来学校的变化，马影翠觉得最大的变化是教育教学设备和硬件更新了，特别是最新款的电子书写白板，比以前方便得多。"新的宿舍楼和办公楼都投入了使用，目前有40多名离家较远的高年级学生在校住宿，再也不用每天起早摸黑地走路上学。"马影翠说，"总书记在百忙之中调研我们山区小学，给我们送来温暖，让全校老师备受鼓舞，我们会永远牢记总书记的嘱托，扎根学校，

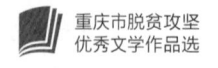

把孩子们教好！"

在那群跳摆手舞的学生中，有十来个六年级的学生，他们都已小学毕业，前往中学就读。13岁的王玲欢就是其中一位，她小学毕业离开了中益乡小学，到离家几十公里的沙子中学读初中。虽然离家比较远，但"两不愁三保障"政策，让她在中学继续享受到了教育发展的可喜红利。

3月13日中午，我们在村干部谭启桂的带领下，沿着一条溪流逆流而上，走不到200米，便到了金华街38号。这里是中坝老场，左边的金溪沟河和右边的无名溪在汇入龙河前，在这里冲出这一片方圆不到一平方公里的平地。

此时，沙子中学初一3班学生、13岁的王玲欢在二楼客厅上完网课，刚好吃完午饭，正在一个叫"中益乡小学2019届"的QQ群上和小学同学们聊天。舅舅董纯静在旁边看到后，严肃地说："手机不能玩得时间太长，要注意休息，保护好眼睛。"

一年前，王玲欢在中益乡小学读六年级，她和同学彭夕怩在参加课外兴趣小组摆手舞学习时，见到了前来看望她们的习近平爷爷。习爷爷和她握了手，关心地问她："小朋友，你在读几年级？"

"六年级。"王玲欢的回答有点腼腆。

"以后准备在哪里读中学？"习爷爷又问她。

"就在附近的沙子中学读。"王玲欢说。

习爷爷又问了其他同学的学习情况。送习爷爷上车后，王玲欢和同学们都很兴奋。放学回家的路上，她看到53岁的二外公董国强正和几个邻居聊天，便高兴地把这个喜讯告诉了他们。

进屋不久，她正准备拿起电话给远在涪陵的母亲董纯洁报告这一喜讯，外婆阎修凤却从外面走了进来。在中益乡电站食堂上班的阎修凤，早就听说了总书记到中益乡小学看望老师和学生的消息，便提前给电站工人们煮好了晚饭，然后赶回家来，听外孙女讲述详情。

给外婆讲完后，王玲欢又给母亲打了电话。董纯洁很高兴，母女俩视频聊了十多分钟。

王玲欢本是中益乡龙河村赶家山人。祖父王万荣，出生在马培清现在居住的向家坝，原住房（已拆除）离马培清的住房只隔了十来米远，现在是一片耕地，种的是黄精，但地边的石头，隐约可以看出当年地基石的遗风。因为从小家庭贫困，王万荣长大后，便到赶家山"招了驸马"，从此在当地落户。

在王玲欢五岁时，父母协议离婚，母亲去了涪陵，父亲则到浙江打工，并在近几年玩起了抖音，成为中益乡外出务工群中的"网红"，有好几千个粉丝，其中不少就是附近的乡亲。"我就关注了他的抖音。"谭启桂说，"每天晚上下班后，他都会发一两个视频，据说一个月能另外挣好几百块钱。"

父母离婚后，王玲欢跟了母亲，来到中益乡街上跟外婆和舅舅董纯静一起生活。在小学里，王玲欢最好的朋友是家在光明村老院子的同学彭夕怩。小学毕业后，王玲欢到沙子中学读书，彭夕怩却被家人送到县城附近的三河中学。尽管时隔一年，两人的学校相隔四十多公里，却并不影响她们的友谊。她们经常通过网络聊天，加入到原小学班主任杨丹老师创建的"中益乡小学2019届"QQ群，大家聊得最多的，便是家乡的变化和学校的变化，同时互相鼓励一定要努力学习。

上小学时，王玲欢语文较好，数学有些差，彭夕怩则是数学好，语文成绩相对较差。经过努力学习，两个人成绩都有所提高，王玲欢在新学期期末考试中，语文成绩由小学毕业考试的78分，提高到了85分。

进入中学后，王玲欢特别喜欢英语、历史和地理。谈到未来的理想，她说："我将来想当一名记者，用笔写出家乡的变化来。"

顿了顿，她又说："我还要写出祖国的变化来。"

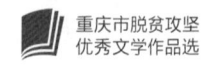

谭启桂笑着说:"将来当了记者,你就可以到北京去采访了。"

王玲欢也笑了:"到时候,我一定要去采访习爷爷。"

临走时,她送我们到门外。门外阳光灿烂。一棵李树站在阳光下,白色的李花漫天开放,一如王玲欢的美好梦想……

入股记

> 从中坝场的李花下
> 到偏岩坝的农家乐
> 从金溪组的谭登周
> 到向家坝的马培清
> 她头顶阳光,陪着我们
> 穿过花丛,步履轻快
> 不知疲倦,笑声爽朗
> 春天写在她的脸上
> 春意写在她的心里

提到两年前那个难忘的晚上,谭启桂觉得仿佛就在昨天。

在春天的阳光下,她步履轻松,身子轻盈,说话间带着微笑,让人感觉她是一个健康活泼、乐观开朗的村干部。但是,熟悉她的村民都知道,她的丈夫患病,家里需要她照顾,可她却把大多数精力用在了村里的发展上。两年前,她就和丈夫"闹"了一架,硬是借贷了两万元,率先带头认购了村级集体经济组织首批发行的股份。

2018年初,为吸引更多社会资本参与村里的"三变"改革,华溪村党员干部讨论后,决定在全乡范围内率先创建村集体经济组织。经过调研并邀请专家指导，村里决定重点发展乡村旅游，成立了中益旅游开发有限公司，注册资金500万元，充分整合各级各部门的扶贫专项资金和捐赠资金共468万元，由村股份经济联合社代表村民持股加入，占93.6%的股份；剩下6.4%的股份，共分成16股，每股2万元，面向全村发行。

可是，除了支部书记王祥生认购了一股外，剩下的15股却一直无人认购，怎么办？以前的华溪村虽然穷，但也有不少村民外出务工挣了钱，还是有些农户能拿出2万元。是什么原因导致发行的股份无人购买呢？原来手中有存款的村民从没听说过股份，对村办企业的前景信心不足，总是害怕投资后血本无归："万一拿这两万块钱去入股，打了水漂怎么办？"还有村民观望并怀疑："除了王支书没当村官前做过生意，有老窖存款外，其他村干部都没人带头入股，如果真是件好事，他们会不往自己荷包里捞，还会拿出来公开发售？"

看到股份发售遇到难题，村支两委决定召开党员干部会，号召发挥党员干部的模范带头作用，最终4名村支两委干部和5名普通党员主动站了出来，带头每人认购1个股份，并在两天时间内将个人的入股资金2万元交到公司账户。

作为村委委员、妇女主任，谭启桂因为丈夫患病，家里早已欠下了几万元的债务，村支两委一致决定不让她认购股份。可是谭启桂坚决不同意："我是一名干部，干部不带头，那怎么能行呢？虽然我现在有困难，但党的政策这么好，我相信大家一起抱团努力向前跑，肯定能迅速致富。"

散会后，谭启桂马上回到家里和丈夫商量。不出所料，丈夫果然不同意："我有病，不能劳动，也不能挣钱，家里已经欠下几万块钱的债，全靠你一个人当村干部的那点补贴。要是找亲友们借，将来亏了，还不起人家怎么办？"

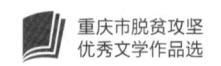

谭启桂劝丈夫："现在党的政策好，农村的发展前景不可估量，我们华溪村肯定会有一个美好的未来。何况我是村干部，我不带头，将来百姓怎么评说我们呢？"

丈夫心事重重，又打起了关爱牌："反正我不同意。你的身体也不太好，我们还是抱着石头泅水安全些，不要冒这个险。再说，其他人又不是不知道我们家的难处，你这次不带头，难道会有人说你不对吗？"

谭启桂静下心来，耐心地做丈夫的工作。这天晚上，她终于成功地让丈夫同意了，夫妻俩找来电话本，连夜找亲戚朋友借，又到集镇银行借贷，很快在两天内便凑了2万元入股。

三天后，当认购股份的名单在村张贴栏公开后，谭启桂认购股份的事在村里传开了。许多村民都说："像谭委员这么困难的家庭都不怕，我们还怕什么？"很快便有7名村民认购了剩余的股份。

由于华溪村正处于发展上升的关键时期，村里的事务比前几年增加了好几倍，因此，和其他华溪村干部一样，谭启桂成了名副其实的"全职"干部。除了陪丈夫到医院看病请假外，她每天总是按时到村上报到，按照村支两委的工作安排开展工作，直到天黑才"下班"回家。

这样的工作，虽然累，但谭启桂觉得很有成就感。下班后，她偶尔会在朋友圈里发一些关于生活与工作的幸福感想……

劳模记

每天，从早到晚
都是忙碌的
比如春节期间，全村防疫

他安排党员守卡，组织送菜上门
做好湖北返回人员的隔离
定时测量他们的体温
他说——
为了总书记的嘱托
我们党员干部，更要带头努力向前跑

华溪村的变化，应归功于驻村第一书记汪云友和村支部书记王祥生带领村支两委一班人的精心努力。

王祥生四十来岁，是土生土长的华溪人。他身材中等，偏瘦，长着一双炯炯有神的眼睛，显得机灵睿智。像当地土家族方言说的那样，为了村里的发展，王祥生每天都比较忙碌，忙得"脑壳当成脚在拄"，是名副其实的"劳模村官"。从17年前，他遵从父愿回家当村官算起，一直忙到现在。

2003年，因为父亲当时的一句话，王祥生决定放弃自己的大生意，回到村里任村文书。和他一起做生意的伙伴都觉得不解："你硬是听你老汉的话哈，回去当村官，你一个月的死工资，连我一天的收入都比不上，将来肯定会后悔。"

让生意伙伴奇怪的是，王祥生不仅没有后悔，还干起了"瘾"，把当村官看成自己的终生事业，一直干到今天。

时光回到1980年初。王祥生初中毕业后，回到村里。在改革开放春风中，勤劳聪明的他做起了小生意。经过多年的诚信经营和积攒努力，渐渐成了村里的名人和"小老板"，不仅经营中巴车，还做起了农副产品销售生意，年收入十分可观，自己也觉得有些神气。长期担任村干部、有着几十年党龄的父亲看见了他的变化，却说："王祥生，一个人致富不是本事，你如果回来把全村人都整富了，才是真本事。"

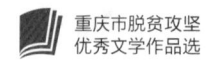

在父亲和家人的支持下，王祥生回到村里，成为一名普通的村干部。2010年，备受村民拥护的他又被全体党员选为村支书。他将"全村富才是真正富"作为座右铭，埋头苦干，带领群众养过猪、修过路、架过桥，只要是为了发展，他都肯干。对群众的需求，他尽力而为，从不嫌麻烦，不管是"鸡毛蒜皮"的小事，还是突发的紧急事件，他总是第一时间赶到现场。

2017年，中益乡被确定为重庆市深度贫困乡。面对越来越多的扶贫工作任务，华溪村一些村干部打起了退堂鼓，相继离职，村支两委干部中，最后只剩下王祥生和谭启桂，让本来工作就非常多的他更忙了。

在乡党委的支持下，华溪村委班子得到重新调整和充实，大胆起用2名23岁的本土返乡大学生担任村主任和综合专干。王祥生带头加班，用时间换来发展的空间，有效保证了各项工作的正常运转。为了打赢脱贫攻坚战，王祥生用自己的实际行动，体现了一名党员干部的高风亮节，村民们都说他是"全职干部""更像支部带头人和致富领头人"。王祥生每天忙完了村上的工作，回到家里已是晚上，根本无暇照顾到家庭。

一分耕耘，一分收获。在王祥生的带领下，华溪村扩建升级了包括主干道在内的村公路9.4公里，其中主干道为旅游油化路面；建设人行便道10.8公里，打通农户出行"最后一米"，实现"组组通公路"和"户户通便道"。完成房屋修缮加固及人居环境整治156户，完成率达100%；实施易地扶贫搬迁39户，D级危房改造9户。建成蓄水池10口，山坪塘3口，移动通信站4个，实现农网改造全覆盖，有力保障了全村群众饮水、通信、用电等生活需求。

2017年12月，在重庆市委的关怀下，华溪村和全市其他37个村一道，作为首批试点村，开展"三变"改革试点。以"资源变资产、资金变股金、农民变股东"为主要内容的"三变"改革试点，很快在华溪村如火如荼地开展起来，实现了"村办企业盈利、集体经济壮大、广大村民增收"的村域经济发展良性格局，形成了"企业有钱赚、集体有经济、村民能致富"的"三方共赢"长效态势，成功打造了"企业盈利+集体壮大+村民富裕"的利益联结机制，不仅使村集体经济收益的壮大得到了保障，还从根本上保证了村民脱贫致富。

村办企业和集体经济组织建起来了，蜂蜜、黄精、辣椒、土猪、肉牛、山羊等产业发展起来了，太极集团、希尔安等著名龙头企业纷纷进驻华溪村，办起了收购点，定向采购特色农产品。2019年12月，全村430户农户分享了首笔红利，共计22.792万元。

在脱贫攻坚战中，王祥生还带头对口帮扶贫困户。

因病致贫户陈朋，经历多次产业发展失败后，对生活失去信心，意志消沉，干脆"破罐子破摔"，整天只是饮酒昏睡；妻子谭明兰看不到生活前景，便准备扔下两个孩子离家外出，逃避现状。眼看原来幸福的一个家就要散了，王祥生得知后，专程赶到陈朋家中，宣讲党的扶贫政策，劝导陈朋戒酒，鼓励夫妻俩重拾信心，团结一致，共同致富。一次不行，就动员第二次。经过前后五次的思想工作，陈朋终于戒了酒瘾，夫妻俩根据扶贫干部帮其"量身定制"的脱贫计划，重新鼓足干劲，勤劳致富，不仅实现了完全脱贫，还做到了初步致富。

为了村里发展，王祥生几乎把全部精力都用在村里，对自己的"小家"满是愧疚，只能让妻子一个人挑起了照顾家庭的重担。但他最愧疚的，却是两年前父亲的去世。

2018年6月初，王祥生的父亲病重，住进了县人民医院。他很想请假陪伴父亲，但村里的事情太多，特别是要马上动员100多户村民实施农户改造。他想回村工作，可他面对重病的父亲，一直开不了口。很快，父亲看穿了他的心事，非常支持他的工作："儿啊，

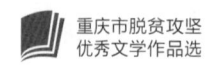

你是村支书,村里事情多,你就回去忙吧。"

在给父亲请了专职护工后,王祥生回到了村里。6月下旬的一天,村里5位村民给辣椒打药,由于操作不当导致中毒。王祥生得知后,立即将他们送到县中医院抢救,直到凌晨三点钟,所有村民全部脱离了危险,他才在附近宾馆开了一间房。疲倦的他很快睡着了,又很快被电话铃声叫醒,护工打来电话说,他父亲已经在几分钟前去世了。

在给父亲办丧事期间,乡党委领导关心地问他需不需要请假,他强忍悲痛:"父亲生前就教育我'自古忠孝难两全',父亲的丧事,有老婆和我的兄弟打主力,村里事情多,工作不能缓,其他人来不熟悉。"就这样,他白天到村里工作,晚上回去为父亲守夜,一直坚持到父亲上山安葬。

至今,王祥生都觉得悔恨:"为什么自己那天就扛不住困,要到附近的宾馆去开房休息?为什么当晚不马上去陪陪父亲?"

2020年春节前夕,为抗击新冠肺炎疫情,王祥生向一直坚守中益乡的乡党委书记谭雪峰、乡长刘登峰立下"军令状",保证打赢这场没有硝烟的战斗,让党和政府放心,让人民群众安心。

为此,他组织村集体经济向武汉医院医护人员捐赠了价值约5万多元的蜂蜜,组建了村民卫生群、男子汉群(以青壮年为主的志愿者群)和生活必需品供应群等微信和QQ群,组建了四支巡逻劝导队,并主动负责对从武汉(湖北)返回村民的重点观测,每天早出晚归,坚持上午到监控对象家里测体温,中午开车义务给村民配送蔬菜、猪肉、大米、油、盐等生活必需品,下午再测监控对象体温,晚上上路巡逻布防。

在王祥生和村里的干部群众的共同努力下,华溪村村民用行动支持抗疫工作,纷纷在家中"安居乐业",全村做到了没有出现一例疑似病例。

2019年10月,华溪村获得"重庆市2019年度脱贫攻坚创新奖"。2020年5月,忙碌的王祥生被评为"全国劳动模范",成了真正的劳模村官。

在这个美好的时代,王祥生忙得更加起劲了……

捐款记

在龙河边的山地上
他和工友们
栽着绿化树
想起远在广东的儿子
第一个为武汉同胞捐款
心里便乐开了花
辛苦一天,他的工钱
是150元
正好是他和儿子
连夜通过微信
捐给村上的数字

2020年2月29日晚上11点半,忙完一天工作的王祥生上了床,拿出手机,在村防疫微信群里发出了一个通知,号召支部党员和致富群众奉献爱心,为支持武汉新冠肺炎疫情防控工作捐款。

按照往年山里人的生活习惯,绝大多数人都早已休息了。王祥生将手机搁在床边的书桌上,正准备睡觉。突然,手机微信接二连三地响了起来,他打开手机一看,原来是几个党员和脱贫户发来的捐款红包。

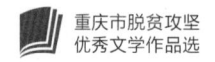

王祥生有些感动了，看了捐款者的留言，他的眼睛湿润起来。

最先发来捐款红包的，竟然是46岁的脱贫户谭登泽和他18岁的儿子谭东。钱虽不多，一共只有150元，但父子两个人争先恐后地发来红包，却让他非常感动。"几乎是在两三分钟内，他们就立马发来了红包。"王祥生说，"这说明他们看了我发的倡议书，没有半点犹豫，他们是把为疫区群众捐款看成是一种责任，把灾区群众当成了身边的亲人。"

这是2020年3月14日下午。在华溪村公共服务中心，面对公示栏上一个个捐款人的名字，听到王祥生的这些介绍，我也深深感动了——我想起了在农村生活的大哥和大姐。

我是土生土长的农村孩子，老家在沿江临近忠县的石柱县沿溪镇陡崖村山区，家中五个兄弟姊妹，除了我和二哥以应届生名义考上中师，小妹结婚后在重庆主城打工安家，勉强成为城里人以外，大哥和大姐都是农村人。大哥是20世纪80年代初的高中生，在20世纪70年代末曾经考上中师，因为父亲没有主见，且有虚荣心，听了公社农中民办老师的"好心"劝说，认为大哥成绩好，便让他放弃填报中师，到西沱中学去读高中，一心想让大哥成为村里首批大学生；一年后，由于二哥也考上学校读初中，家里实在供不起两个孩子读书，只能交一个人的伙食费和口粮，大哥只好将这个搭伙的名额让给12岁的二哥，自己则逃课到外面去混饭，除了能在区供销社上班的堂哥那里混吃外，他还喜欢到附近认识的熟人家里蹭饭，有时一天只能吃一顿，成绩自然一落千丈，高考落榜回了家。大哥头脑不笨，但在外凭借双手劳动务工，一年四季也只能挣到五六万元，有时甚至还被包工头拖欠工资。大姐哥文凭低，在外务工挣的钱自然比大哥还低，一年四季只能节余两三万元。收入的拮据，让他们看起来非常小气。多年来，表哥表姐家的孩子结婚，老母亲总喜欢带着大哥和大姐喜气洋洋地去吃喜酒，可大哥大姐送的礼钱一般都是一百元，只是从去年起，才开始上涨到两百元。

以我的大哥和大姐作参考，我知道作为普通的农民家庭，谭登泽和谭东父子俩捐出的150元，虽然不多，却是一笔不低的款项。

在和王祥生闲聊中，一位中等身材的中年村民刚好来村委会办事。王祥生介绍说："这就是谭登泽，作为才脱贫不久的脱贫户，18岁的儿子谭东几天前刚出门到广东东莞塘厦务工。为表示感恩，谭东代表全家捐了150元。"

我和谭登泽打了招呼，了解了他家的基本情况。他的母亲黄成秀已经83岁，患有严重的风湿病。以前，单身的谭登泽和儿子谭东都在外面打工，读小学五年级的小女儿谭娜由她奶奶黄成秀照顾。2019年10月，母亲生病后，谭登泽回到家里，从村集体公司返包了3亩黄精，又在村里找到了临时打工的机会，预计每年可收入2万多元。"虽然比不上在外务工的收入，但在外开支也大，在家则很少花钱，还能照顾到老人和孩子，总的来说，收入并不比在外面低多少。"谭登泽说。

接下来，谭登泽说起儿子谭东。他说，谭东前几天刚到东莞时，当天晚上没有租到房屋，相识的老乡又隔得太远，便在长途汽车站内住了一晚："好在广东已经不冷，他穿的保暖服，到东莞下车后脱下，晚上天冷又穿上，正好不冷不热。"

我没有问他："你儿子为什么不去附近找家宾馆住啊？"因为我知道，谭登泽一定会回答，他肯定舍不得一晚上起码五十元的住宿费啊，何况现在比谭登泽刚到广东打工时的条件好多了，汽车站内有免费饮用水，有长沙发可以躺下睡觉呢。

有邻村到乡上办事的村民路过这里，刚好认识谭登泽，便停了下来，看到墙上的捐款名单，不禁好奇地问："你们真有钱啊，这么快就捐款，名字还是第一位？"

谭登泽想都不想，反问："没有党的好政策，我们哪个能过上

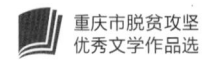

这么幸福这么美满的生活?"

在公示栏下,谭登泽悄悄对我说,这次能够为疫区同胞捐款,既是对党的感恩和对社会的回报,也让他们觉得幸福和自豪。

我想,在党的领导下,他们的幸福,不仅是他们十几个人和一村人的,也是一代人的,更是当代所有中国人的。

在这群幸福的人中,我还看到了一个熟悉的名字。这个人是脱贫户,叫樵明华,我并不认识,但我多次从农家乐老板刘益洪嘴里听到他的名字。

当然,从重庆主城回乡创业的刘益洪,也在这张密密麻麻的捐款者名单当中。

让我们铭记这些我曾经在华溪村旅途中遇到的人,让我们铭记这些懂得感恩、珍惜幸福的人:

马培清100元,陈朋100元,焦大泽100元,花仁淑100元,马世胜100元,谭启云100元,谭登周50元,董纯洁100元,董纯静100元,谭启桂100元,刘益洪200元,樵明华100元,王祥生500元……

我突然想起,董纯洁家在涪陵,是将来想当记者的中学生王玲欢的母亲,董纯静是王玲欢的舅舅;而焦大泽,则是"华溪七十七号"老板张帮琼的丈夫。

桃园记

　　一条无人走过的小径
　　将他的蜂箱分在春天的花丛间
　　他戴着面纱,正查看蜜蜂
　　八百米外,桃花盛开

>　　他的桃园农家乐
>　　炊烟缭绕
>　　妻子和孩子们正在忙碌接待
>　　他有些自豪地说——
>　　我的农家乐
>　　即使在旅游淡季
>　　也有不少旅客光顾

刘益洪的桃园农家乐，建在中益乡政府背后的山上。

"太美了！人与山同高，云与肩共齐，真的像是世外桃源！"2019年12月，重庆主城和万州十几名作家先后来到华溪村采风。他们被中坪组一家农家乐前面的美景迷住了，不约而同地在院子前的平坝上停了下来，一起望向远山，只见苍翠欲滴的两山之间有一个豁口，下面龙河水逶迤流淌，直奔天际。

让作家们感慨的，不仅是这些山中开阔的视野和令人流连的美景，转过身去，用吊脚楼简单装饰的桃园农家乐一排铺开，屋后青山白云，在明朝洪武年间种下的两棵巨大的油杉一上一下，像青松一般张开树臂，让山间更多了一番隐居的逸趣。

这家被作家们誉为"世外桃源"的农家乐，名字却叫"桃园农家乐"。其得名来源于院子外的几株桃树，以及附近刚种下去不久的百亩桃园。

开桃园农家乐的，是一对在外打工致富后返乡创业的夫妻，男的叫刘益洪，女的叫谭卫华。提起自己的打工经历和为何要返乡创业，夫妻俩有许多话要说。

结婚后，刘益洪和妻子就出门打工，开始走了许多冤枉路。

他们先是跟着老乡组团到广东东莞，一年下来，除去所有开销，竟没存下一分钱。听人说山东工资高，招远那地方出金矿，夫

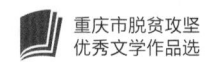

妻俩又跑到山东，但几年下来，仍没挣到多少钱。2011年，他们无意间来到重庆主城。在渝北区两路镇，他们受到了家具厂老板的赏识，原先在老家学的做家具手艺得到了很好的发挥，很快便闯出了一片天地。

在家具厂，刘益洪做木工，谭卫华做包装，夫妻俩一年总共能挣13万元。除去开销，每年都能存款将近十万元。渝北离石柱并不太远，随着2013年底沪蓉高铁建成通车，石柱县到重庆北站的动车全线开通，两地之间来往只需要一个小时，而从石柱县站下火车后，到汽车站坐客车走高速到中益，只需要四十来分钟。因为交通条件的改善，夫妻俩经常抽空回家度假，顺便照顾两个在家的孩子。

因为肯吃苦、技术好，刘益洪夫妻俩每年都被评为优秀员工，老板便奖励他们外出旅游。2017年，刘益洪又得到了东南亚旅游的奖励，在泰国和新加坡，他第一次发现旅游业挣钱容易，开农家乐收入不菲。2018年，为了给孩子一个良好的学习环境，夫妻俩回到石柱县城，花了50万元全款买了套新房，不仅17岁的儿子刘彦能够在县职教中心走读，8岁的女儿刘娟也从乡下来到县城东边的石柱县渝中实验小学就读。

这时，夫妻俩在老家发现了一个商机，那就是开农家乐。

中益乡位于龙河河谷和七曜山区，平均海拔较高，夏季十分凉爽，又邻近石柱县著名的避暑胜地黄水，旅游业很有发展前途。随着脱贫攻坚战在中益乡全面打响，党和政府的扶持力度越来越大，路修好了，自来水来了，电网也改造了，发展农家乐的基础条件都有了，这让刘益洪夫妻俩更加坚定了信心。

然而，夫妻俩清理了一下剩余的存款，心却一下子凉了下来。因为前不久在县城买房装修，不仅花去了绝大部分积蓄，还找亲友借了几万元。眼看旧债未还，又必须筹钱来开设农家乐，夫妻俩也有些迟疑。

"是不是还是到外面去打工，先把借的几万块钱还了再说。"谭卫华提议。

"好啊。"刘益洪嘴上回答，却又马上改口，"不对，现在正是发展农家乐的最好时机，肯定比打工挣钱。"

夫妻俩商量了两三天，最终形成一致意见，立即借贷20万元改造升级家中的老房子，将其改装成星级农家乐。

为节省资金，先后从事木工、电工、厨师和家具工等职业的"多面手"刘益洪决定不请人，自己一个人全部包干，谭卫华则当起了工人。经过两个多月的忙碌，装修一新的农家乐开始营业。虽然夫妻俩很苦，但开业时一清理账务，发现至少比预算节约了将近3万元。

因为这里价廉物美，环境优美，2019年夏季，桃园农家乐一开张，生意便十分火爆，仅3个月营销额就达到7万多元。刘益洪忙不过来，便决定请一名贫困户来当服务员。夫妻俩经过认真考虑，决定聘请两公里外沟口组樵明华的妻子张芳，每月工资2000元，每年仅在刘益洪的农家乐打工，樵家就能实现收入1万多元。而今，在刘益洪一家的帮扶下，樵明华已成功实现脱贫。

除了聘请贫困户打工，刘益洪还特别注重帮扶贫困户和脱贫户，向他们定点收购食材。在农家乐生意最好的旺季，他每天一早都要骑着摩托车，下到中坝场再穿过跨越龙河的大桥，沿着小溪边的公路往龙河村的山上行驶，到沙落坪贫困户谭登犹、谭登玉和谭地胜家购买土鸡、鸡蛋和蔬菜，价格均高于一般收购价。仅在2019年，这三户贫困户就从刘益洪这里实现收入近2万元。

从2019年5月开业以来，刘益洪还向华溪村脱贫户马世祥定向收购蜂蜜60公斤，使单身汉马世祥实现收入1.5万多元。

刘益洪的发财之路不仅是经营农家乐，他还有养蜂、取蜂蜜的

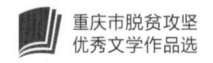

娴熟技巧。目前，他已在山上放养了近40箱蜜蜂，每年可产蜂蜜190多公斤，销售额4万多元。同时，村集体经济组织还委托他管理80多箱蜜蜂，按每月每箱劳务收入10元、每取一公斤蜜20元计酬，每年收入2万多元。

而今，18岁的儿子刘彦已从石柱县职教中心毕业，正在家里待业。但在刘益洪看来，儿子很快便能实现就业了。因为前不久，从对口帮扶石柱县的山东淄博市来了一家公司的老总，看中了中益乡良好的旅游发展环境，拟投资两三百万元，在中益乡开设一家旅游公司，当地农民可以投资入股。

"我准备投资五六万元，让刘彦成为一个小股东，在这家公司里上班。"面对未来，刘益洪觉得很甜蜜，"现在创业和就业的机会太多了，就像我们这里的土家民歌所唱的，'只要我们多勤快，不愁吃来不愁穿'。"

车间记

她来自四川
为了爱情，嫁到华溪
她就是本地土著
在扶贫车间上班
她们早已互相认识
或许上班并不同路
但下班后
她们必定结伴而行
谈起孩子、产业和生活
在春天里

她们的希望和幸福

就从这里，天天向上

"我叫肖利华，夫家姓樵。"

"《乔老爷上轿》的乔？"

"不是，樵夫的樵。"

"哦，原来是'隔水看樵夫'的樵。这个姓很少的。"

正是午休后等待上工的时间，十几位女子在华溪村扶贫车间聊着天。

肖利华中等身材，39岁，脸上洋溢着笑容，正和石柱报社的一名记者交谈。她娘家在四川省资阳市安岳县，2002年在广东东莞塘厦镇打工时，与大她四岁的华溪村青年樵地奉相识相爱，结婚后随夫来到华溪村中心组关口岩。夫妻俩在外打工，钱挣得不多，也无法照顾孩子和孝敬父母。时间越久，他们对孩子和父母的愧疚就越多，夫妻俩思来想去，决定丈夫在外打工，肖利华回来照顾家庭。

听到记者的话，肖利华觉得很自豪："是啊，听老辈子们吹牛，说是全中国姓樵的都很少，我们石柱县里姓樵的，大都集中在我们华溪村的中坝场和关口岩。"

中益乡的樵姓，是明清时期从长江边的忠县磨子乡迁徙来的。据《樵氏族谱》记载，樵氏来自"外河磨子樵家岩"，明末清初，因躲避战乱和逃荒，为了生存，他们和忠县当地的余、彭等姓一起，不得不沿着唐初建县以来的官道，往大山深处迁徙，越过方斗山后，又沿着龙河而上进入大山深处，余、彭二姓在七曜山区的金铃坝定居，樵姓则在中坝场附近落脚，繁衍生息。山里虽然贫穷，产粮不高，且有豺狼虎豹，但山里有野果和野兽，就像民歌《太阳出来喜洋洋》里唱的那样，"只要我们多勤快，不愁吃来不愁穿"；当时著名的石柱土司秦良玉带领旗下的精锐之师——白杆兵，筑起

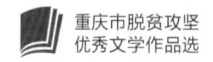

了"保境安民"的坚强屏障，没有战乱，是人人向往的"世外桃源"。经过近十代人的努力，到了1938年左右，一位姓樵的富人已成为中坝场最有威望的袍哥大爷。

华溪村扶贫车间位于龙河南岸的临河谷口，与中坝老场隔河相望。从行政管辖上来说，龙河之南属于光明村，扶贫车间是修建在光明村的"飞地"。作为邻居村，两个村的村民关系友好，光明村为民服务中心就建在中坝场金溪沟河口，与华溪村为民服务中心相邻。近年来，中益乡七个村，每个村都建立了扶贫车间，成立了村级集体经济组织，不仅能将农产品进行深加工和精包装，增加销售量，还能解决当地人就近就业。

和丈夫分工后，肖利华回到家里照顾孩子读书。和其他乡村不同，明末在正史中留名的著名女将军秦良玉是石柱土司，其英勇事迹和丰功伟业在石柱家喻户晓。受其影响，石柱土家人对女孩子读书比较重视，平时都尊称她们为"女将"。肖利华觉得自己很幸运，儿女双全，在她眼里，儿子和女儿都是宝贝，无论再苦再累，都应努力供孩子读书。几年后，儿子樵杰进县城读高中，女儿樵曼喜欢足球，她就送女儿到县城附近的三河镇小学学习足球。三河镇小学是著名的足球训练基地，在秦良玉奉献精神的鼓舞下，学校的女子足球队队员训练刻苦，敢打敢拼，在重庆历次比赛中多次稳居第一，在全国都有一定名气，有多名队员入选国家女子足球队候选名单。

上工时间到了，肖利华和工友们穿上白色工作服，在门口全身消毒后，进入扶贫车间工作。这是重庆一家蜂业公司和华溪村集体经济组织联合开设的蜂蜜深加工厂，主要生产中益土蜂蜜，蜂业公司每年交付租金，以保障价收购蜂农蜂蜜进行加工。厂里基本都是机器流水线无菌加工，只是在最后包装验货时需要一定数量的技术工人。为帮助村里的低收入人群，华溪村和蜂业公司商定，蜂业公司优先录用贫困户和脱贫户，每包装加工500克蜂蜜，工人可分得红利5元。

和肖利华一样，在扶贫加工车间上班的街上组居民何朝英也是脱贫户。何朝英48岁，石柱本地人，婚后和丈夫曾经在浙江桐乡石门镇打工，生了两个女儿，后来发现小女儿有先天性的间发癫痫症，便只能让丈夫一个人在外打工，自己不得不回家照顾孩子。2017年，作为家里顶梁柱的丈夫不幸患病，到医院检查后得知是鼻咽癌，经过一年多的精心治疗，于2018年去世。

丈夫患病，不仅花光了家里20多年来打工的所有积蓄，还欠下了将近5万元的债务，而小女儿每月也需要花费将近500元的药物控制治疗，压得身无长技的何朝英喘不过气来。经过政府的精准识别，何朝英被确定为贫困户，并纳入低保兜底，按照相关政策，村里还聘请她兼职当上了护林员。

而今，何朝英的大女儿已经出嫁，她和小女儿生活在一起，每月低保金将近600元、护林员工资500元，还能到扶贫车间做点工，全年收入将近2万元。小女儿的病，也得到了好心人的帮助，除了每月能医保报销100元药费，还有志愿者给她寄300多元的药品。

黄昏时分，扶贫车间的工人们下班了。肖利华和何朝英换下工作服，走出车间，沿着公路步行回家。她们有10分钟的路程同路，两人便不停地聊天。何朝英谈的是家里的债务，欣慰的是债务在逐年减少，目前已经还了多半，还只欠亲友将近2万元。肖利华和丈夫的务工收入4万多元，家里没有债务，谈的便是踢足球的女儿。因为12岁的女儿，肖利华还喜欢看体育节目，特别喜欢看女子足球比赛。想到女儿将来可能会出现在电视里踢球，她的脸上便洋溢着幸福的笑容。

10分钟的路程不长，很快她们便走到了河桥边。这是架在龙河两岸的一条人行桥，过了桥，便是中益乡新集镇，何朝英的家就在对面。于是，两人开始挥手告别，何朝英走过河桥，穿过小巷，回

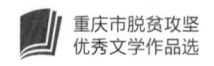

到乡场上的家；肖利华则继续往龙河上游走，越过公路桥，回到关口岩。

夕阳下，暮霭中，龙河水静静流淌，她们聊天时的笑声似乎并没有消失，她们聊着的幸福生活依然在继续……

此时，如果晚风能询问龙河边的一棵老树，老树便会絮絮叨叨地复述她们聊天的内容。

原来在聊天中，何朝英和肖利华还都突然提到了一个人。这个人，便是华溪村旁边盐井村扶贫车间唯一的男工人罗洪俸。作为全乡七个村办扶贫车间唯一的大男人，他个子不高，长着一双灵巧的手，加工的速度并不比心灵手巧的女子慢，但大家都觉得男人应该到建筑工地和生意场上去拼搏，特别是一些男人更是为之忿忿：

"作为一个男人，混在女人中间，做这种每个月工资不过两千块钱的细活，丢不丢面子呢？"

中益篇

山河向前

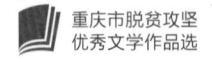

假如你能够借用鹰的双眸,从滑翔的空中望去,你会发现,在方斗、七曜两座巍峨大山之间的这片谷地,有无数灵秀的娇小群山,向着前方延伸。

假如你能够驾驭山间的风,在逍遥游的旅途低首鸟瞰,你会看到,无数发源于青山之间的小溪,在群山万壑中不停奔跑,最终汇成龙河,继续向前奔跑,最终汇入长江。

假如你能穿越历史长河,在远古的巴人入川时期,你会看到,无数先民从荆楚大地的巴东县清江口出发,驾舟逆流而上,历经千辛万难,才成功翻越了渝鄂交界处的七曜山。

在这片土地上,先民们找到了一条浩大的河流。它弯弯曲曲,穿行群山之间,像一条巨龙,在大地婀娜起舞。

这条载着巴人先民的小船顺流而下并成功进入长江的河流,便是石柱、丰都两县的母亲河,也是两县最大的长江支流。

——它的名字,古称涂溪,今名龙河。

龙河在这里滋润了一片神奇的土地,这便是中益乡。中益乡的得名,正是源于龙河边的中坝场和山上的三益场。连接两座集市的古道,正是依托不断奔跑、汇入龙河的金溪沟河。

这里的山,是向前奔跑的;

这里的水,是向前奔跑的;

这里的路,也是向前奔跑的;

传承着千万年的山水灵气,这里的土家人,更是向前奔跑的。

假如你能抽出几天时间,在这片土地上走一走,你会发现,无数时光也在这里学会了激情向前,向前奔跑,大地一天一个新貌,村庄一天一个新妆,人们的腰包一天增加一份重量,唯有感恩阳光的微笑昼夜不更易。

山河向前,时光向前,人们向前,美好的生活在蓝天下,踩着时光的脚后跟紧紧跟随,从来不曾有半毫米的落伍……

跟着春风去看大地的奔跑

中益,一颗深藏在群山之间的明珠,一块张扬着欣欣向荣的热土。

春天的这个中午,阳光正好,让我们跟着和煦温情的春风,顺着春意盎然的山河,去领略一个美丽的向前跑的中益乡。

中益是2001年撤区并乡后新成立的乡,由以前的沙子区中益乡、官田乡和盐井乡组成,有7个村34个村民小组。如果你是常年劳动在这片土地上的资深老农,能够站在山巅,像一只鹰一般鸟瞰这片大地,便会觉得,这里的河流极像夏、秋两季收获时,在晒场使用的"Y"形扬叉,其中两翼分别是金溪沟河和官田坝河,它们汇合的地方便是"叉柄",也就是从东边的冷水、沙子两个镇流来,最终流向桥头镇的浩浩龙河。

中益乡的7个村,就排列在这三条河流两岸,依山傍水,除了河两岸坪坝上不多的耕地外,其余地方多是风景旖旎的大山大坡。金溪沟河发源于三益乡大堡村山区,河流不大,流域区域只覆盖了华溪村,在与光明村接壤的中益乡场上流入龙河;而连接黄水森林公园的官田坝河及其源头的几条小溪,则水流量大,从上往下沿岸分别是建峰、全兴、坪坝三个村,在盐井村汇入龙河。龙河在接纳了这两条河流后,继续往下流淌,流经龙河村后,便进入桥头镇境内。

现在,让我们跟着春风,请春风作向导,去看看这片大地的

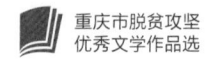

奔跑。

我们的目光，先从建峰村开始。

天空蔚蓝，大地苍翠。一簇洁白的云挂在黄水镇万胜坝村莼菜田上，沿着海拔1500多米的坝子驱车往西边走，翻过一个山口，便进入了中益乡建峰村。

建峰，顾名思义，其地必定多山。从山顶往下走，"之"字形公路令人赏心悦目，全是柏油彩色路，悬崖边还有装饰成彩色轮胎图案的保护柱，调皮的孩子们却说，它们是五彩缤纷的圆圈形的QQ糖。往外望去，白云环绕，山下人声鼎沸，春耕农忙正在这片大地上演。

下到溪底，在位于双坝组的村公共服务中心前，一名三十来岁的年轻干部正和一名村民交谈，只有走近，春风才能听见他正在讲解党的好政策。这名干部，我们不认识，但春风认识他，他就是石柱县政协委员、县农业农村委干部、驻村工作队队长方志勇。

方志勇是涪陵区龙潭镇人，大学毕业后到石柱县工作安家。两年前，他来到这里担任驻村工作队队长。这天，脱贫户盛家滨前来了解黄连种植补贴优惠政策，听了方志勇的解释后，这位戴着高度近视眼镜、一只眼睛几近失明的中年村民笑了，决定将家里没有流转的两亩土地全部种上黄连。阳光下，春风看到盛家滨拄着一根木棍，沿着山间的小路，摸索着上了后山；在那里，妻子早已甩开膀子在挖地。未来，超过一亩的黄连将在这里生长，三五年后，它们将变成一叠不太厚但对于他们来说也不薄的钞票。

春风看到了那条椒盐溪，看到了溪畔龙神坝盛家滨新修的房屋，看到了门前院坝种植的花花草草。如果春风能够开口说话，它还会热情地介绍盛家滨家里的情况：在灶屋里忙碌煮饭的年轻女孩是他的大女儿盛瑶，刚从重庆师范大学毕业，正准备报考教师；在一旁学习网课的，是16岁的二女儿盛玥和15岁的小儿子盛超。

院子里坐着晒太阳的老人，是孩子们的爷爷盛友元，他正在安享着自己的幸福晚年。在阳光下，他听到了孙辈们读书的声音，闻到了灶屋里散发出来的饭菜香味，这是每个人一生最期望的天伦之乐。

从椒盐溪往下走，便到了全兴村，溪流在汇合几条山间小溪后，早已换了一副模样，由羞涩娇小变成了落落大方。春风知道它重新给自己取了一个名字，这便是在石柱县境内都有一定名气的官田坝河。这个名字的由来，自然便是旁边比较繁华的集镇官田坝，这里是原先官田乡政府所在地。2001年秋，乡政府撤了，这里成了全兴村，但小学、医院依然存在，集市依然热闹与繁华。

春风的记忆力比我们人类更好。它清晰地记得，30多年前，我还是一个15岁的少年，在报考石柱师范时，曾经在县城师范门前的定向招生名单里打量过它的名字，为它的名字"官田"所迷倒。但是，少年的堂姐哥在农业局工作，曾经走过石柱许多大山大河，他听了少年的决定，语气坚决地说，不要被美丽的名字所迷惑，官田坝其实就是个山间小集市，交通不便，全是木房子，整个集市甚至还没有少年在江边老家附近的农村最大的院落大。

而今，官田坝已经换了一副城镇的模样，风貌改造让它恢复了青春美丽，许多民居摇身一变，挂上了喜气洋洋的红灯笼，装饰着红红火火的红辣椒，变成了高档卫生的民宿。集市拒绝小车入内，但公路边的停车场上，许多来自邻近区县的小车停在那里。如果是在夏天，这里的停车场还会停得水泄不通。除了环境优美、气候凉爽、价廉物美，更重要的是，这些民宿老板天生具有土家人朴实善良、热情好客的实诚。就在我们跟着春风叫嚷疲惫的那一瞬间，旁边民宿老板夫妻俩都拿出了凳子，邀请我们坐下休息，随即端来了茶饮和花生、油炸洋芋果等地方小吃。临走，我们要付钱，可老板坚持不收，春风和我们一样试图知恩图报，便要了老板的名片，一

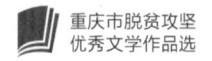

问价格，竟低得出奇，包吃包住每人每天消费不会超过100元（旺季淡季略有波动），保证每顿菜肴有官田坝"九大碗"，即四荤四素一汤。

出官田坝场，沿着公路往河的下游走，就到了全兴村关心组棕树堡。50多岁的黄玉英刚刚装修好了农家乐，正准备开张营业，8间房14张床位的规模，可谓不大不小。"政策引领好，我要跟着跑。"她患有20多年的腰椎间盘突出，劳动时间久了，腰部就非常难受，但她只是稍微休息一下，就会继续劳动。她的丈夫何兴明刚满60岁，出生在原万县武陵区瀼渡公社舟白大队，20世纪90年代到石柱山区当石匠。1989年夏天，黄玉英的前夫和乡亲们坐在货车的车顶，去黄水卖黄连，因为公路是土路，弯道又多，半路出了车祸，前夫重伤去世，留下2岁多的儿子马金昌。"要是当年公路就有今天这么好，他们的车肯定不会翻下悬崖。"后来，经人介绍，何兴明被黄玉英"招了驸马"，有了小儿子何绍相。为发展农家乐，黄玉英贷款15万元，又找亲友借了5万元，准备开设农家乐。

春风带着我们，沿着官田坝河继续往下走，不久便进入了坪坝村。在田坝组，脱贫户王长发夫妻俩正在地里忙着管理中药材，64岁的王长发年老多病，弯腰久了，腰部就有些酸痛，可出嫁后在外务工的两个女儿不在本地，无法前来帮忙，但帮扶责任人、驻村工作队第一书记韦永胜带人来帮忙了。

除了发展中药材，坪坝村和建峰、全兴村一样，凭借临近旅游大镇黄水的区域优势，还发展了许多乡村旅游项目。这里的官田坝河更显气势，却又不像一介莽夫，只似知书达礼、人格魅力十足的大家闺秀，吸引了许多游客前来避暑和休闲。向家坝、牛举坝等乡村私人民宿集中成片，外来旅游公司也看中了这里的秀丽风光，开发了小湾等四星级高档民宿。

让春风和我们着迷的，是向家坝成片的民宿。这里正对不高不矮的青山，门前是一片美丽的湿地公园，院子里有十几棵古老的大树，每到秋天，树叶就红黄耀眼，一条小溪从山上绕院而过，最终流到临时成为湖泊的官田坝河中。

春风在这里继续领略了土家人的热情。在一个月光明亮的夜晚，当我们散步来到这里时，民宿老板端上土家老荫茶和特色小吃，和我们畅谈山乡的巨大变化。月光透过古树的叶隙，照在他的脸上，我们知道，他的笑容就写在脸上，就像墙角三五朵盛开的鲜花，让春风和我们能嗅到他的幸福之味。

在北京创业成功的湖北宜昌人张老板，看中了这里的美好山水，特地从北京来到这里，以30年租期租下了一处土家庭院。喜爱唐代王维诗歌和享受田园风光的他，投资100多万元建起了属于自己的"辋川别业"，邀约几位老友，带着最喜爱的书，准备在这里度过退休后的美好时光。我想，许多年后，他会出版自己的田园诗集，捧读他的诗，我们一定会寻到心灵远离喧嚣而归于田园的另一番恬静与怡然。

从向家坝往下走，不到10公里，官田坝河便汇入龙河。这里是盐井村的地界。和官田坝河两岸的三个村不同，这里的巨变又是另一番景象。

春风看出了我们的疑惑，它停下脚步，像一位称职的导游侃侃而谈。原来，为了促进发展，中益乡"对内聚焦七个村面上整体提升，按照'缺啥补啥'原则，科学发展主导产业，分类补齐基础设施和公共服务短板，同步开展人居环境整治"。为此，全乡形成了三大特色村域经济发展区域，东北部的建峰、全兴和坪坝村利用与黄水镇、冷水镇相邻的区位优势，主要连片发展民宿旅游；南部与沙子镇相邻的盐井村主要连片发展中药材；西部与桥头镇、三益乡相邻的光明、龙河、华溪村则连片发展经济果木和观光旅游。

三大特色村域经济发展区域，各有各的优势和特点。盐井村是

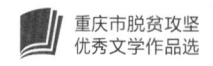

原盐井乡政府所在地，位于龙河两岸，是沙子镇连接中益乡公路的重要村落，龙河右岸公路边便开辟了河边公园和步游跑道，土地上种植着前胡、黄精等中药材。乡志记载，古代这里有盐井，在远古时代，从湖北利川进入川地石柱的一支巴人沿着龙河而下，看中了这里的盐矿资源，曾在这里开采井盐。而今，盐井已成历史，但盐井村正发生着翻天覆地的巨大变化。

春风继续沿着龙河和公路往下游行走。在柏油公路上，春风看到了那位矮小有如孩童的中年人，正开着三轮车向前行驶。这人是个老病号，名字很普通，叫罗洪俸。因为贫穷、疾病和个子小，他30多岁才在广东和一名广西女子结了婚，可生下两个孩子后，他的妻子不知什么原因离开了他。不能参加重体力劳动的他带着两个孩子，本以为在乡村难以生存，但时代的美好让他倍加珍惜，不断向前努力，一家三口搬进了居民点，住进了明亮宽敞的独间"别墅"，两个孩子在中益乡小学读书，他在村里的扶贫车间上班，作为女工群里唯一的男工人，他的技术和加工速度是最好的。他的两个孩子很可爱，许多前来看望他的人，在看到两个孩子后，都为他的努力而称赞，为他的幸福而高兴。春风甚至听到一位城里来的中年男人在心里自言自语，看到罗洪俸的两个孩子，我都想回去跟老婆商量一下，在独生儿子考上大学后，我们还要响应国家号召，再生一个孩子，再享受下陪着孩子成长的幸福与快乐。

春风很快带着我们，在龙河右岸找到了中益乡政府所在地中坝场。发源于三益乡大堡村附近山上的金溪沟河在这里注入龙河。春风带着我们往右边一拐，在金溪沟河口溯流而上，领略了华溪村的华美与勃勃生机。

在同样叫向家坝却比坪坝村向家坝小许多的土家小院，春风带着我们看到许多美好的画面。如果是早晨，86岁的老人马培清起床后，第一件事不是梳头洗漱，而是坐在床上，将党徽郑重别在左胸处的衣服上；接下来，她会在梳头洗漱后，先喝一盒老年人喝的牛奶，春风会听见牛奶汩汩流淌的声音，但这种城里人才有的幸福生活，而今在华溪村已成为人们孝敬老人、疼爱孩子的常态，所有销售牛奶和酸奶的小超市和小卖部的老板，都在为牛奶、酸奶销量的增加而高兴。

一盒牛奶，不仅是华溪村村民人均可支配收入增加的标志，还像甘霖雨露，让马培清老人精神抖擞，面对前来参观的游客、接受红色革命传统教育的党员干部和前来采访的记者和作家，她能连续三四个小时不停歇地介绍习近平总书记前来看望慰问她的情景。有一次，一位前来采访的作家问她，老人家，你一天为这么多的人讲解，累不累啊？马培清乐得笑了，自豪在她的脸上晕染开来，说，我一点也不累，我这么大的岁数，还能做一点有用的事，发挥一个老党员的作用，我觉得自己浑身都是力量，感觉比锻炼身体、吃营养品还管用。

继续沿着金溪沟河上行，春风看到了华溪村的地理标记缺门山、蛮王寨，石壁上方赫然出现巨大的"中华蜜蜂谷"五个大字，蜜蜂在山林间飞来飞去，发出"嗡嗡嘤嘤"的声音。华溪蜂蜜及其带动下的中益蜂蜜，正成为当地知名品牌，在电商平台上，备受众多消费者喜爱。

和蜜蜂一样忙碌的，是在大地上奔跑致富的人们。在缺门山缺门下方，有一个不大不小的土家院落偏岩坝，而今，这里成了中益乡最著名的农家旅游基地，全院12户人家，就有9户开设农家乐，三家没开的，都是子孙在都市工作或打工而无力经营的老人。如果在这里停下来，我们能跟着春风一起，听到村民们发自内心的赞美，几年前，是政府的地质灾害避让政策，让他们迁离了滑坡地带，在安全地带建起了新房，在他们搬迁后，一年前的滑坡便掩埋了其中两家人的旧地基。而今，乡村旅游项目又让他们能够在家发

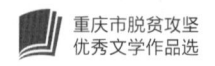

财致富,仅在2019年,他们之中挣得最少的,也收入了将近1万元,最早开业并挣得最多的"华溪七十七号"老板张帮琼,收入多得竟然让她微笑着说:"保密,保密。"经历"三起三落"的张帮琼,之所以能够带着伤病在50岁后迅速东山再起,除了拥有不肯屈从命运、誓不认输、重新贷款创业的勇气和斗劲之外,全在于党的扶贫政策好。

春风带我们绕了一个圈,又回到了中坝场。在龙河左岸,便是光明村。在山顶,在河谷,驻村第一书记谭祥华正行走在路上,正在地里蹲身了解,一只蝴蝶伴着一缕阳光在附近翩翩飞舞,他将记录本和笔放进挎包里,拿起地里的锄头,开始和村民汪从兴一起劳动。除了种植药材,汪从兴主要饲养蜜蜂,蜂蜜产业让他品尝到了甜蜜生活,将院子里布置得像一个小花园。他的女儿大学毕业后,在重庆参加应聘考试,前不久又回到石柱报社当了一名实习记者,正在土家山寨采访更多像他一样勤劳致富的人;妻子在广东东莞务工,眼看在家也能挣钱,准备再打工一年后,就回到家里,夫妻俩不用再分离。

沿着龙河往下走,便到了石柱县唯一以龙河命名的村。春风告诉我们,龙河是石柱县和丰都县最大的长江支流,以龙河命名的行政地域,分别是中益乡龙河村和丰都县龙河镇,都位于龙河岸边。

在龙河村杨柳组,我看到春风眉开眼笑地说,今天带你们去看一个美好的溪边人家。它带着我们走过一座小桥,桥下一条源自山间的小溪流进龙河,在河边和溪畔之间,有一处炊烟缭绕的人家。这里小地名叫下坝,脱贫户向学伟就住在这里。我们穿过两棵花朵遍布枝头的李树,看到向学伟正在忙着修建新厨房,为即将开业的农家乐作准备。因为是星期天,加上疫情期间没有开学,他的两个姐姐向学碧和向学翠便带着三个孙子和孙女从县城赶来,给弟弟帮忙。

除了李花和樱桃花，院子外还有几百亩的油菜花观赏园。龙河边的小水塘里，几十只鸭子正在兴奋地游泳，十几只鸡正在野地里觅食。三只来自不同地方的狗在院坝里，陪着三个小朋友玩耍。看到我们对三只狗充满兴趣，小朋友们立即争先恐后地介绍，大黄狗叫小白龙，来自龙河对岸村庄，是小黑狗爱恩的妈妈，每天都要过河来给爱恩喂奶，另一只狗叫花花，是亲戚寄放在这里的。

十里官田坝河，十里金溪沟河，十里龙河，组成了这趟旅行中的三十里春风之行。在这片大地上，我看到的是一个新兴的中益乡，是一个幸福的中益乡，是一个未来充满更大希望的中益乡。

告别时，我对春风说，我一定要写一篇游记，不用任何技巧，就写你带着我们看到的这些美好景象。春风听了，笑了，说，如果要写，就要快点写，因为这里的变化是迅速的，是一天一个样的，你看，最多一个月，我们看到的花朵会成长为果实，向学伟的农家乐就会开业，旅游企业投资的大湾星级民宿也会开业……

期待下一次跟着改名为夏风、秋风的春风，去看看大地上逐渐丰硕的果实们。届时，它们红红黄黄，奔跑的样子，肯定仍然很美。

"懒"人记

　　7岁的儿子，5岁的女儿
　　抱着他的肩膀
　　他就像一棵直立的树
　　扎根大地，奋力奔跑
　　只为了让肩头的花朵更幸福
　　在朴实的乡间

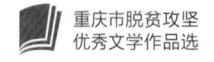

> 其貌不扬的他
> 在越来越好的日子里
> 始终闪光生辉

春天的一个中午,在中益乡盐井村公路边崭新的安置点新居,罗洪俸忙着给两个孩子洗衣。5岁的小女儿罗菊像一只漂亮的小蝴蝶,更像一朵花,在他身边活泼地跑来跑去;7岁的儿子罗湛则显得很文静,拿着课本,正在屋内正对着大门的桌子上做作业。

阳光下,罗洪俸觉得很幸福,脸上的笑容自然而又甜蜜,透出发自内心的愉悦。

许多人都说,罗洪俸是一个"懒人"。表面上来看,他个子不高,长得瘦,因为病,背有些驼,说话细声细气,稍微做一点农活就会坐在那里休息,活像刚刚跑完一趟剧烈的中长跑,看起来确实是个"懒人"。但是,看着他长大的石柱中学一位姓向的女老师却说,罗洪俸不是懒人,他的身上闪烁着许多传统美德的光芒呢。

罗洪俸是个勤快人。

他出生在中益乡盐井村,从小就有严重的支气管炎,不能下地干重体力活,用力过猛就会喘大气,只能做些轻松的农活。因为容易累,加上喘气难受,他喜欢站着或坐着,更喜欢休息;但乡亲们看到,在年轻时,他也曾经背着六七十斤的肥料翻过高山,蹚过溪河,在春种秋收时,他经常背着、挑着重物上坡下坎,努力勤劳致富。

前些年,他真是一个"懒人"。村里的年轻人都出门打工去了,但他始终害怕出门,他对父母说:"我怕出去被人欺负,找不到活,还吃苦受罪,我就喜欢待在家里。"于是,他每天喘着粗气上坡做活,晚上回到家里,全天候陪伴在父母身边。后来,父母先后去世,他的病相对更重了,但他却像突然变了一个人似的,什么也不怕了，毅然跟着村里的乡亲出了门，外出去打工挣钱。

邻居老大娘感叹说："这个'懒人'啊，其实是一个孝子呢。"

罗洪俸也是个善良人。

刚出门打工时，他和村里的许多人一样，"孔雀东南飞"，往东方走，往南方去。他在家乡民工最多的浙江桐乡、广东东莞待了一段时间，又独自来到了湛江。在这里，他偶然认识了来自中越边境附近的一个中国女子。她带着三个孩子从家乡来到这座城市，独自打工供孩子读书。女子说，是逃婚出来的。罗洪俸从不问原因，只觉得应该帮助她，将打工的钱拿了出来，不声不响地帮助了她10年，让她的三个孩子读书、长大和就业。

租住在小巷里的街坊邻居说："这个'懒人'啊，其实是一个贤夫呢。"

罗洪俸还是个知足者。

知道他从未结婚，女子跟着他回到中益乡土家山寨，领了结婚证。夫妻俩又来到湛江，生了两个孩子。为记住一生唯一的爱情发生在湛江，他给儿子取名叫罗湛。

后来，罗洪俸病情越来越重，无法外出打工挣钱。在一次争吵后，妻子丢下两个孩子离家出走了，从此没了消息。罗洪俸理解她，感谢她给他的爱情，一直珍藏着他们的结婚证。他在城市里既当爹又当妈地照顾两个孩子，很难想象他是怎么照顾好一个刚满1岁的女儿和3岁的儿子的。在湛江，为照顾孩子，他完全不能出去打工，没有任何经济来源，很快便坐吃山空。在万般无奈之下，他给侄子打电话求助。侄子专程来到湛江，接他回家。于是，他抱着只有1岁零3个月的女儿，侄子则抱着他3岁的儿子，坐车回到了家里。

10年未曾在家生活，家里的破房已经垮塌。哥哥已经在公路边建起了新房，将无人居住的旧瓦房送给他临时居住。瓦房漏雨，每

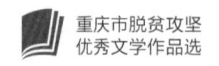

到雨季，他没有力气搬迁小床，便只好在床上放上各种盆盆碗碗接水。他手忙脚乱，被子还时常被雨水淋湿，孩子冷得直哭，但他不能哭，便坐着唱摇篮曲，却怕孩子真的睡着后感冒，赶紧又将孩子推醒。好在雨后一般都会天晴，第二天一早，他就赶紧将被子拿到屋外去晒。

这样的苦日子，他是第一次过。好在村干部和驻村扶贫工作队知道了，先将他家屋顶盖上了薄膜暂避风雨，又将他家纳入贫困户搬迁范围。考虑到他要照顾孩子，无法干活，家里没有任何经济来源，经过乡亲们评议，村上推荐，县乡政府批准，他家吃上了低保，每月总共有超过1000元的低保救助金。

罗洪俸是一个勤劳的人。

2019年金秋时节，在党和政府的关怀下，罗洪俸一家三口搬到了居民点，住上了一楼一底的小院。妻子依然没有消息，女儿也长到5岁了，到中益乡小学读幼儿园了，儿子则进入小学读一年级。为方便他接送孩子，侄子和大哥又给他买了一辆三轮车。这时，罗洪俸的病情加重了，他不能做任何重活，只要稍微一用力，他的肺就猛烈地抖动，如果在夏天穿着单衣，甚至能看到他的肋骨像一道道麦浪一样，在风中高高突起。好在有了三轮车，在孩子上学读书时，他就有空接点给附近乡亲们运货的私活，挣点运费贴补家用。这时，他真像一位辛劳的小货车司机，开的虽是简单的三轮车，却有开着大货车的感觉与幸福。

前不久，驻村第一书记余建来到他家，动员他到村里的扶贫车间上班。听说有钱挣，他心里乐开了花。到了车间，他才发现，车间里全是女子，哪里有一个男人啊。罗洪俸的脸红了，他走出扶贫车间，大脑一片空白，两个"我"起了争执："你是一个大男人，怎么可以去做女人的活呢？""做女人的活怎么了？谁说扶贫车间的活只能女人去做？""你就不顾及自己的面子吗？""我勤劳，全靠双手自力更生，有什么没面子？何况我能挣钱，能给孩子提供一个好的生活条件，这不是一个做父亲的应尽的义务和责任吗？"

经过一番思想斗争，罗洪俸坚定了信心，努力工作，在扶贫车间坚持了下来。"我做的活，并不比她们少，技术也不比她们差。"拿到第一个月的将近2000元工资，罗洪俸觉得很自豪。他给儿子和女儿都买了好吃的东西，乐滋滋地蹬着三轮车到中益乡小学，一家三口在晚归的夕阳中，将欢乐的笑声一路带回了家中。

更多的时候，罗洪俸在照顾孩子，购买家里生活用的米油蔬菜，给孩子煮饭、洗衣，细心打扫屋子："这是党的好政策照顾我，让我家有了新房子，我要让它每天都干干净净的，让孩子们穿得漂漂亮亮的。"

见过罗洪俸的志愿者都说："这个'懒人'啊，其实是一个好父亲呢。"

罗洪俸更是个感恩者。

因为他的勤劳，两个孩子穿得很整洁，人也比较活泼，看不出是没有母亲照顾的孩子。曾在浙江桐乡打过工的石柱报社记者隆太良虽在浙江没见过罗洪俸，但知道他的经历后，专程跑到盐井村看望他。罗洪俸当时住在破瓦房里，隆太良看着他在院坝里晒着头天晚上被雨淋湿的被子，背上背一个孩子，怀里抱一个孩子，很感动，便给他们一家写了报道。报道出来后，隆太良又组织了一些爱心人士前去帮助他们，给他们送去被子、衣裤和鞋子等生活用品。许多人第一次看见两个孩子，都觉得他们长得聪明伶俐，人见人爱，考虑到罗洪俸的现状，都想着收养这两个孩子，让孩子生活得更好，也可以让罗洪俸不太劳累。可罗洪俸不愿意孩子再失去父爱，他宁愿再苦些累些，也要照顾好孩子。

然而，有一次，罗洪俸病情似乎加重了，喘得太难受，觉得可能活不了多久了，便悄悄支开两个孩子，给石柱报社记者隆太良打

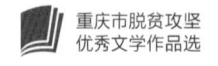

电话："隆记者，如果我走了，请你帮帮我的两个孩子。我已经写下委托你照顾孩子的遗嘱，我相信你，别的人我不太放心。"隔着电话，隆太良也觉得万分难受，却安慰他说："说的什么话呢？你才四十来岁，还这么年轻，必须尽到父亲的责任，自己把孩子抚养大。"

罗洪俸不仅感恩隆太良这样的好心人，更感恩党和政府。如今，"两不愁三保障"政策举措让他受益不少，低保金让他一家"吃穿不愁"，教育保障让两个孩子能够读书，医疗保障让他只需支付很少一部分费用，住房保障让他一家住进了以往想都不敢想的"别墅"。"要不是党的政策好，要不是乡干部和村干部帮我的忙，我一个失去劳动能力的残疾重病号，还拖着两个几岁的孩子，真的是不知道该怎么办哟。"罗洪俸说着说着，眼泪一下子流了出来。

看见父亲在哭，罗湛放下课本，走到父亲身边的矮凳子上，静静坐下，却不说话；像一朵花跑着的罗菊停止了跑动，找来一张餐巾纸，站在父亲身边，给父亲擦着眼泪。

此时，作为第一次见到他们一家的陌生人，我说不出任何安慰的话来，心里感动着，只想说："这个'懒人'啊，其实真是一个知恩知报的重情人！"

这一天，阳光很好，日历上写着：
2020年3月16日，盐井村，天气晴，微风，气温17℃。

回家记

　　院子里，花草被精心打理
　　他把美好的日子
　　过得滋润如玉，不急不缓

  前来采访的新闻记者
  将他家来自大山深处的蜂蜜
  代销到了北京、重庆
  他自豪地说——
  保障质量，供不应求
  加上快递入村，电商进家
  微信收款后，新鲜的蜂蜜
  最多三天，便能到达

  初夏的一天黄昏，夕阳照在光明溪一半的水面上，映得这片水面金光闪闪。汪从兴戴着一顶草帽，沿着小径走下山来。几只蜜蜂在空中围着他的头顶转个不停。"我非惹蝶浪徒子，龙河岸边养蜂人。"他笑了一笑，挥手驱赶着它们，几分钟后，他才恍然大悟，摘下草帽一看，原来刚才穿越山间丛林时，几朵荆棘花挂在草帽的麦芒上。

  47岁的汪从兴是光明村人，个子不高不矮，长相英俊，是个标准的土家汉子。"学得一门艺，才会饿不死。"初中毕业后，他就回家学了水泥工的手艺。然而，由于村民都比较穷，在当地很难找到建房的生意。结婚后，他就和妻子双双出了门，前往浙江桐乡务工，随后又前往广东东莞。因为母亲摔倒致瘫和女儿读大学，他家被评为贫困户。一年前，作为中益乡的贫困户代表，他参加了马培清院子里的座谈会。总书记的亲切笑容和温暖话语，一直珍藏在他的心中，时刻让他"努力向前跑"。

  站在半山腰，汪从兴远远地看了一下自己在溪畔的家。在装饰一新的屋檐下，有许多花草在佐证红红火火的生活，让他的行走更加有力量。作为专业放蜂人，今天他已经走了许多山路，这让他回家的路有点漫长，但亲人打来的几个电话让他显得十分兴奋。

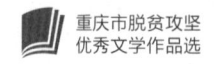

第一个电话,是女儿汪秀蓉打来的。从东北一家大学毕业后,汪秀蓉一直在重庆考研和参加各地的单位选拔考试。春天,在总书记亲临石柱视察并调研一周年之际,她写下了一首诗歌,表达了对家乡变化的赞美,被石柱县委宣传部选入《春暖石柱》一书中。一周前,喜爱新闻工作的她决定先回到石柱报社实习,师从报社记者隆太良。在电话中,女儿高兴地告诉汪从兴,她正跟着师父在盐井村采访罗洪俸。接下来的日子里,她还将跟着师父,在中益乡采访更多"向前跑"的普通村民:"爸爸,也可能要来采访你。"

被自己的女儿采访,这是汪从兴从来没想过的喜事。想想当年还是留守儿童的小丫头,如今已长成亭亭玉立、乖巧懂事的大姑娘,即将成为家里的顶梁柱,他就乐了起来,不由自主地哼起了山歌。

越过一座小山包,汪从兴从阴影处走到了阳光下,手机又响了起来。这次是妻子打来的,虽然年近五十,但她仍必须只身一人在广东东莞塘厦镇一家箱包厂务工。汪从兴的父亲去世得早,按照土家人的传统习俗,母亲跟着他这个小儿子生活。当年在浙江和广东,他和妻子度过了许多打工时光,年幼的女儿和儿子都委托给母亲照顾。直到2012年春天,大哥家的女儿结婚,母亲看到自己的孙女出嫁,十分高兴,拄着拐杖前去祝贺,结果在回家上梯子时不幸摔倒,跌到几米高的梯坎下,虽经过治疗,双腿仍然瘫了。

母亲下肢瘫痪后,怎么办?汪从兴和妻子商量后,决定放弃打工机会,回家照顾母亲的饮食起居,顺便照顾初中即将毕业的女儿和正读小学的儿子。没想到,这次回家后,汪从兴从此再也没能出门务工。两年前,母亲去世,汪从兴便在家照顾读高中的儿子,只留下妻子一人独自在外挣钱。

和过去一样,妻子在电话中除了关心女儿和儿子,又老调重弹,要求汪从兴出门务工。然而,在回家照顾母亲的日子里,汪从兴重新操起了养蜂的旧行当,成了远近闻名的养蜂人。近年来,中益乡发生了翻天覆地的变化,越来越多的农村基础设施建设和雨后春笋般的农家乐,让汪从兴的建筑手艺也得到了充分发挥。听到女儿讲到罗洪俸在扶贫车间也挣到钱,汪从兴便有意让妻子回家,毕竟一家人生活在一起才是最幸福的事。

汪从兴没有正面回答妻子的话,却提到了女儿在盐井村采访的事。在母亲去世后,妻子一直要他出门打工,汪从兴却希望妻子回家,夫妻俩经常为此打肚皮官司。没想到,这次妻子听到女儿采访了邻村罗洪俸的事迹,倒是对回家务工有了兴趣:"现在真像你说的那样,我在家也能挣到两三千块钱?如果真这样,我就回家来。"

汪从兴听了,哈哈一笑:"现在中益乡建起了好多农家乐,除了政府的补贴,还成立了黄水人家旅游专业合作社,生意都还不错。家乡更多的人都对开设农家乐感兴趣了,将来我们有钱了,也可以开一间。"

妻子在电话那边也高兴起来,汪从兴决定再加"一把火":"现在中益土蜂蜜非常紧俏。今天在山上,我又接到采访过我的北京和重庆记者老师的电话,说是要继续邮购我家的蜂蜜。现在快递业务也进入我们村里了,村里网络信号也好了,买蜂蜜可以用微信和支付宝,结算方便,寄蜂蜜的时间也非常快。"

妻子听了,不再坚持要他出门务工:"那我们两个比一比,看是在家里挣的钱多,还是在外面打工挣的钱多。如果我输了,我就马上听你的,回家来跟着你养蜂,给你打下手。"

汪从兴很干脆地答应了:"我看就不用年底算账,可以半年算一次。到时儿子放暑假了,就让他和女儿作证,看看谁输谁赢。要是你赢了,我马上到东莞来打工。"

提到儿子,妻子连忙问最近一次家长会的情况。儿子初中毕业后,因为成绩优异被保送到石柱中学读书,一直是夫妻俩心中的骄

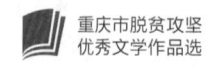

傲。汪从兴说："班主任和科任老师都说他学习努力，成绩在年级排在前面。我们就放心地多挣点钱，将来好让他到好大学去读书。"

听了这话，妻子却说："算了，无论输赢，你都必须在家，这样儿子读书才让人放心。只不过还是以半年为期，如果我输了，我一定马上辞职，收拾行李回家。"

挂断电话，汪从兴在心里盘算了一笔账，妻子在东莞每月工资4000多元，半年六个月可挣2.5万元左右。以前，无论怎么勤劳，在老家都不能挣到这么多的钱。但现在的汪从兴很有信心，除了蜂蜜生意俏，远销到了北京、上海和广州，更重要的是，村里建筑活非常多，每天打工可挣将近300元，除去不上工的时间，每个月挣的钱平均也在5000元左右。

"肯定比媳妇挣的钱多。"汪从兴心里乐了，掏出手机，想给远在石柱县城读书的儿子打电话，却发现正是儿子上晚自习的时间，赶紧关上手机，一路大步迈回了家。

临近家的那一瞬间，他看到夕阳下自己的影子越拉越长，自己真的就像这个家的顶梁柱……

——此时，他并没有想到，有些突如其来的幸福和美好已在不久的未来成功铺展。比如，在两三个月后的新学期开学前夕，女儿汪秀蓉在石柱报社实习结束，公招到成都市金堂县城一所中学任教。

光明记

在即将丰收的季节里
他不能劳动，却陪着她
她在地里忙碌

  种出一片金秋的希望
  这是光明村
  是驻村扶贫干部
  给他们带来了产业发展的光明
  这是前进组
  是党的好政策
  让他们老当益壮，奔跑前进

  初夏的夕阳下，在光明村前进组的山地上，67岁的吕仁梅正在前胡地里忙得满头大汗，70岁的丈夫余修培却慢慢悠悠地在旁边陪伴，偶尔帮点小忙。远处的山下，未被山的阴影抱住的一半龙河水依然波光粼粼，无数束点点光芒在水面跳跃。而在岸边繁华的中坝场居民集聚点，便有他们焕然一新的家园。

  "该收工回家了。"路过的村民好心地说，"老年人，天黑后看不清路，要特别注意别跌倒。"

  余修培却说："今天有大月亮，现在村里的路都是水泥路，又宽又平，晚点回去不会跌的。"

  那人笑了，严肃地说："还是小心点好。听说隔壁村的有人下个楼都摔了，在医院住了好长时间。"

  进入夏天以来，天开始热起来，但吕仁梅一直担心山坡上种植的前胡和辣椒。这是他们呵护的产业，也是他们的宝贝和希望。去年，这些前胡和辣椒收获后，上门收购的经销商付给他们1000多元，钱不多，但对于他们来说，也不少，让他们心花怒放。这些天来，夫妻俩一直坚持早早起床，趁着凉爽的早晨上坡劳动。到了上午9点，太阳早已高高升起，地面的热意像繁茂的青草一样向上生长，空气中弥漫着一股难耐却又令他们熟悉的热气。可他们依然舍不得回家，都想多做一点农活，让前胡和辣椒能够丰收。在回家休

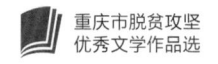

息后，夫妻俩又赶紧在下午4点出了门来到地里，借着日落前山谷升起的凉意劳动。

余修培患有慢性阻塞性肺气肿、类风湿关节炎，稍微劳累便直喘粗气，腿脚也不利索，无法从事体力劳动，2016年，因病按程序纳入贫困户。在驻村工作队的帮扶下，经过两年的发展，夫妻俩已于2018年成功实现了脱贫。

提起自家的脱贫经历，余修培就感慨万分。三年前，当帮扶责任人来到他家时，没有进取心的他竟有些抵触：

"我老了，有病，我老婆一个女人家，力气小。现在能过一天算一天就行了，还谈什么勤劳致富？"

2017年9月，时任县交委办公室主任的谭祥华来到光明村，任驻村工作队第一书记和队长。除了和村支两委干部、工作队员一起忙于村里发展外，他还结对帮扶了5户贫困户，余修培就是其中一户。

余修培记得谭祥华第一次到家里的情景。

那是秋天，一大早，余修培和妻子正在院子里吃早饭。突然，院子外的狗叫了起来，他起身一看，原来是一个高高瘦瘦的陌生中年人来了。因为外出打工的人很多，院子里只剩下几位老人常年居住，这个陌生人到院子里来干啥？余修培喝住了狗，问："同志，你找谁？"一问，才知道这就是帮扶自己家的谭祥华。

因为有病，余修培不能劳动，家里全靠吕仁梅一个人在地里劳动，家里清洁卫生很差。看着自家脏乱差的样子，余修培觉得很不好意思，赶紧用袖子抹了抹一根板凳上的灰尘，举起袖口靠着木柱拍了拍，抖了抖，阳光下便看见细细的灰尘纷纷扬扬地飘落下来。

谭祥华坐了下来，作了自我介绍，然后与余修培摆起了家常，讲解了当前扶贫形势和帮扶政策。余修培却说："谭书记，您看，我又有病，不能劳动，我老婆也年龄大了，一个女人家，力气小，一个人种地，能够种点粮食有吃的，就够了。"

吕仁梅也说："像我们这种老年人，哪里还敢想致富啊？穷就穷吧，反正村里也不止我们这一家穷困。"

谭祥华拿出笔记本，将余修培和吕仁梅的心事记了下来，又笑着说："老人家，我们虽然是农村，但家庭清洁卫生也要做好。老余，你有肺气肿，见不得灰尘，你先走开。"说完，便拿起旁边的扫帚，帮着他们扫起地来。吕仁梅一看，赶紧也拿来另一把扫帚，一起做起清洁来。

等谭祥华走后，吕仁梅说："看来，这个谭书记真是真心实意帮扶我们家的。"余修培却不相信，说出了自己的疑惑："听说人家是第一书记、队长，又是城里来的干部，说是帮扶我们家，但他要忙全村的事，哪里有多的时间来帮扶我们家？何况我家这个情况，就是我想劳动，我的病也不允许，只靠你一个老太婆，怎么致富？他怎么帮？"

余修培没有想到，几天后的一个晚上，谭祥华又来了。这次，他拿出笔记本，讲了一个多小时，给余修培家制定产业发展规划，种植前胡和辣椒。

听了谭祥华的话，吕仁梅有些兴奋，余修培却不愿意："种这些能值几个钱？不划算。前胡是什么，我不知道。但好几年前我们也种过辣椒，价格时好时孬，没人收购时，只有在地里烂掉。"

谭祥华说："老人家，请放心，我们在为你们制定产业发展规划时，一定考虑到收购问题。比如保护价收购，对你们这种缺少劳动力的农户，我们要叫经销商上门来，到地边边收购。现在村里还要修几条产业发展路，到时车子能开到地边边来。"

从此，谭祥华竟成了他家的常客。来的时间多了，余修培也琢磨出了一些规律："谭书记一般是早晨和晚上来，如果是大白天，则必定是路过时顺路过来看看。但每个月都要来好几次。"

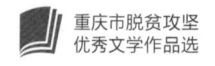

谭祥华来的次数多了，余修培的雄心壮志也激发了起来："老婆子，看来我们是要加把劲，改变一下，才算不辜负党和政府的关怀。这样，你下地劳动时，我在家做点轻松活，煮饭洗衣，要是还有时间，我就陪你到地里去，虽然帮不了多少忙，但可以给你搭个伴壮个胆。"

2018年，余修培夫妻顺利搬迁入住居民点，有了良好的居住环境，随着产业的发展，夫妻俩过上了幸福的生活。"我家幸福了，全村幸福了，可是谭书记却越来越瘦了。"余修培和其他脱贫户交谈时，总是会谈起谭祥华和驻村干部的家长里短，"谭书记几乎把时间和精力都用在村里。"

"我们村叫光明村，我觉得，是驻村工作队点亮了我们这些贫困户心中的光明。"余修培激动得胸膛不住地涌动起伏。

寻跑记

春天的花和四季的塑料花友好相处
正不分彼此，让"飘香里"农家乐名副其实
门院挂的辣椒，每一天都是火红的
主人向大忠、邹小珍夫妻
正在大地的某个角落辛勤劳动
"只在此乡中，春深不知处。"
挣钱的机会遍布这片大地
比如大湾民宿开发的建筑工地
两里外的瓜蒌产业基地
或者自家山上的生态养殖场……
"党的政策好，努力向前跑。"

> 11岁的向万里小朋友，敞开大门
> 却独坐楼上，用笔弹着网课作业
> 墙角盆景栩栩如生
> 一只斑鸠误入窗内假扮的竹林
> 很快，小朋友听出了它的恐惧，打开窗户
> 让它自由飞翔，斜穿过漫天的阳光
> 飞向官田坝河边的岩上树林

就像唐诗所说的"寻隐者不遇"一般，在坪坝村，寻找那些努力奔跑的人，如果不是事先电话约定，也是极不容易遇到的。比如我到过"飘香里"七次，却只见过主人向大忠夫妇三次，相遇率竟不到一半。

"飘香里"是一家农家乐，地处中益乡坪坝村牛举坝，左邻公路，右邻官田坝河，门前是一大片平坦的瓜蒌基地，四周山是浅丘，视野极好，总能让人心旷神怡。在乡人嘴里，牛举坝被俗称为刘家坝，其实这里很少有人姓刘；这是一块方圆上百亩的河边坪坝，面积不大，在遍地多山的土家山区，却是人人向往的"鱼米之乡"。传说许多许多年前，也许这里尚属唐宋元南宾县辖区，也许是明清丰都县南宾里管辖时，更或许是解放前丰都县和石柱县先后管辖时，这里出了一头脾气暴躁、力大无比的耕牛，人人都对它无可奈何，有一天，一个像三国演义中许褚一般的无名壮士路过，看见耕牛疯狂奔跑，无人能管，不禁动了"路见不平"的侠义心肠，捋起袖子便上前，将这头牛举了起来。牛举坝自此闻名乡邻，可惜当年写县志的书吏未曾将这位壮士的名字、籍贯记录下来，但也可能这是明代以前的事，因为明以前的石柱、丰都县志都已毁于战火——好在壮士的事迹能藏于百姓的茶余饭后，口口相传，火烧不尽，水渍不烂，直到今天仍在当地流传。

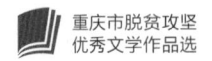

第一次见向大忠夫妇，我就深深地感受到了他们的纯朴与热情。

2019年6月30日，正是周末，我和几位石柱作家慕名到中益乡去采风。此前，在石柱报社和党员电教中心工作时，我曾到过中益乡许多次，最后一次是在2016年11月。三年未到中益，沿路所见的变化确实巨大，除了公路变美了，更美的还有风貌装潢一新的农家房屋，以及规范整齐、长势喜人的各种产业发展基地。临近中午，我们来到坪坝村，便沿路寻找农家乐吃饭。先找了两家，却因为农家乐刚开张，贤惠的女主人没在家，留守的男主人羞于自己的厨艺不如妻子精熟，怕砸了自家的牌子，都先后婉言谢绝。我们又驱车来到牛举坝，远远看到"飘香里"几个朴拙的红色大字，像金字招牌一样挂在一幢美丽的农房前，便路旁停车，下车沿田园小径行了十来米，来到小院内询问。小院内有一只可爱的小白狗（后来得知它雅名旺旺），看见我们，先是叫了两声，又摇尾欢迎，俨然迎宾者。听到我们的声音，一个皮肤略黑的青年女子从厨房里走了出来，得知我们的来意后，她笑着说："我们家也还没有正式营业。但来的都是客，只要不嫌弃我们煮的菜不好吃，我马上就来煮点便饭。"

这个女子便是向大忠的妻子邹小珍。不一会儿，个子不高的向大忠也从楼上走了下来，与我们相互介绍认识后，夫妇俩便走进厨房里忙碌起来。我们便到旁边河边去散步，一路只见河水清澈，水声淙淙，蝉鸣悦耳，邻河的田园里，皆是长势喜人的黄瓜、丝瓜、豇豆、茄子、辣椒和番茄等绿色蔬菜。将近两个小时后，回到小院，只见院子里摆了一张圆桌，桌子上盛满了八九个土家族家常菜，除了豆腐、腊肉炖竹笋、盐蛋、炒腊肉外，还有好几个素菜。我们惊叹于邹小珍的心灵手巧，饥肠辘辘之下，早已耐不住诱惑，便也不客气，坐下去便挥动筷子，一吃，却觉得味道确实不错。向大忠又提来泡的白酒和一箱手拉啤酒，大家举杯共饮，吃得酣畅淋漓。

吃完，我和作家冉小平去结账，看到门前挂着贫困户帮扶卡，便先问向大忠，向大忠不说话，邹小珍却抢先推托说，我们还没正式开业，你们都是客人，不收钱。我们说，那怎么行呢，有酒有肉，我们总共七八个人吃了一大桌，至少也要象征性地收一点。邹小珍想了想，说，那你们就随便给点。我们给了200元，邹小珍却说，哪里要这么多啊，我只收100块。我们觉得太便宜了，赶紧又找出一张50元的，塞了过去，又说，你家也是贫困户，这顿饭，不能就这么亏了。这次邹小珍始终不收，却说，再也不敢收了，腊肉、豆腐、盐蛋都是自家的，没花钱，最多只应收点酒钱，我们还没开业，希望你们给我们多提点意见和建议就行呢。

我们总觉得欠了人情，便坐了下来，先提些如何做好农家乐开业的建议，再询问他们夫妇俩的情况。一问，原来他们都是幸福的有故事的人。

向大忠是坪坝村人，从小家庭贫困，小学毕业后就前往新疆阿克苏地区务工。邹小珍来自好几千里外的四川凉山州金阳县邻近金沙江边的一个小乡（古代地名命名规则是"山南水北谓之阳"，大概金阳县的得名就源于"金沙江之北"），小学未毕业，便外出务工，巧的是也去到了新疆阿克苏，和向大忠竟然相遇。同饮一江水，远离家乡，口音相似，让来自川西和渝东、江北和江南的他们相识、相恋。结婚前，邹小珍跟着向大忠来到坪坝村，看到向大忠家只有一间破烂待塌的木制吊脚楼，前后杂草几乎跟人一样高，心里便想：只听他说家里很穷，没想到竟然比我金阳县的老家还穷，房子都将要垮掉了。嘴上却安慰丈夫："没事，只要我们努力，一切都有希望。"结婚后，为了挣钱，夫妇俩前往浙江桐乡务工，2008年生下了独生儿子。2011年，向大忠家被评定为贫困户。

2018年，在驻村扶贫干部韦永胜等人的帮扶下，向大忠找亲友

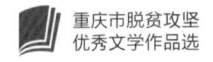

借了一点钱，将旧房子拆掉建新房。因为没有多少积蓄，为了省钱，夫妻俩自力更生，起早摸黑，终于修起了简陋的新房。2019年，中益乡开始发展乡村旅游产业，在党的好政策的鼓舞下，向大忠从中看到了商机，夫妻俩商定后，决定借贷10多万元，投资开办农家乐。

"当时好多人都劝我们慎重点，不要刚刚条件好点，就去借这么多的债。"向大忠说，"可我们始终觉得乡村旅游是中益乡未来发展的黄金产业，何况我们这里邻近避暑胜地黄水，夏季来往的外地客人很多。只要我们诚信经营，相信生意一定会红火，很快便能还清债务。"

2019年4月15日，习近平总书记来到中益乡，邹小珍作为群众代表参加了座谈。习近平总书记温暖人心的话语，激励着夫妻俩更加努力向前奔跑。"我给娘家人讲我见到总书记了，他们都说我有福气。"邹小珍高兴地说。

这是我第一次见到向大忠夫妇。谁也没想到，接下来四次路过"飘香里"，我都没有见到向大忠夫妇——当然，这几次去的时节都是冬天和初春，正是当地旅游淡季，到坪坝村来度假的客人很少，"飘香里"农家乐便没有营业。

2019年11月中旬，我先后两次陪同万州区、九龙坡区作家到中益采风，路过"飘香里"，特地前去看了看这个农家小院，可铁门紧闭，连看家的旺旺小狗也不见踪影。一个月后的12月下旬，我又到中益乡采写向国家扶贫办汇报的材料，"飘香里"依然一片寂静，只有院门上的红灯笼和装饰院子的塑料绿草红花，让人流连忘返。

2020年3月中旬，我再次和石柱报社记者隆太良一道前往华溪村和中益乡采写一份材料，依然没见到向大忠夫妇。这次铁门虚掩，只见他们的儿子、11岁的向万里正在上网课、做作业。一问这位有些腼腆的小朋友才得知，原来向大忠参加了"雨露计划"焊工技术培训，结业后就带着证书在附近乡村四处做工，而邹小珍也在附近工地上做工。现在乡里发展农家乐，建筑工作多，哪里有活就到哪里去做，谁也不知道他们在哪个地方，除非打电话。

第二、第三次见到向大忠，是在2020年夏天。5月底的一个周末，因为有重庆主城和涪陵区的朋友要到中益采风，我专程来到"飘香里"，帮忙联系食宿事宜。结果仍然只有向万里小朋友在家，听说有生意上门，小家伙拿起手机，给在中益乡场上做工的父亲打了一个电话，便让我们坐下。不到20分钟，门外就响起了"突突突"的摩托车声，向大忠走了进来："现在公路修得好，到乡场做工来回也方便。"订好床位和餐饮后，向大忠拿起手机，给远在黄水一家餐馆帮忙的邹小珍打电话："家里来生意了，你下周五就请3天假回来。"

向大忠告诉我，现在他家在山上租了几亩地，建起了绿色饲养场，养了几头猪、几只山羊和四五十只鸡，农家乐需要的大部分食材，都是自家供应，环保实惠。同时，他还种了一些蔬菜，返包了几亩中药材瓜蒌，夫妻俩每天早出晚归。他说："只要哪里有钱找，就往哪里跑，如果不打电话，有时我也不知道她在哪里打零工。"

6月上旬，我和一群作家朋友前往中益乡采风，就住在"飘香里"，再一次体会到了向大忠夫妇俩的热情。晚上，趁着微弱的月光，我们坐在院坝里，继续聊起了脱贫故事。向大忠兴奋地说，现在就要多找点钱，还清债务，将来好送儿子去读大学。邹小珍则高兴地补充，现在全国各地党的扶贫政策都非常好，她在金阳县老家的兄弟们，也通过产业发展致富了；有了钱，兄弟们便举家跨过金沙江，南渡到了条件更好的云南省昭通市巧家县城，并在当地买了房屋，举家搬迁定居在那里，70多岁的老母亲也跟着弟弟们到了云南，住进了以前从没去过的巧家县城。

"听说重庆到昆明的高铁在两年后修成，到时我们从这里回去

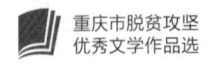

看母亲，最多只需要坐三个多小时的火车，真是太方便了。"邹小珍说。

最难得的是，为答谢党的恩情，前不久，文化水平不高的夫妻俩认认真真地手写了一份入党申请书，然后手牵着手，将两封申请书交到了村党支部。

月光下，热情的旺旺小狗躺在地上，任由我们友情抚摸，远处的几家农家乐也同样灯火通明，显得人气十足。风从官田坝河边吹来，带着牛举坝庄稼地里各种瓜果的清香，使这个刚建成不久的土家小院，不仅笑声不断，还馨香扑鼻，让人难忘……

感恩记

  在官田坝河的上游
  椒盐溪袅绕起舞
  盛家滨戴着高度近视眼镜
  从后山的黄连地里忙碌归来
  春天来了，院子里那些花儿
  比如豌豆、蚕豆和兰草
  正在报答恩情，争先开放——
  他要向花老师们学习
  感恩党的最佳扶助方式
  就是努力地，把日子过得更加红火

阳春三月，阳光明媚，昨夜下过春雨的大地一片碧绿，山间的鸟儿叫得正欢。站在海拔1400多米的后山上，戴着眼镜的盛家滨正忙着锄草挖地，准备第二天在妻子的陪同下，在去年种了1亩黄连的基础上，今年再种1亩黄连，届时，可以使全家的黄连种植面积达到5亩。

盛家滨是建峰村双坝组椒盐溪旁边的脱贫户。这里属于黄水大风堡森林景区南麓，是"中国黄连之乡"石柱县著名的优质黄连种植区，长期以来，这里的农民便有种植黄连的传统。盛家滨文化水平不高，却戴着一副深度近视眼镜。作为视力残疾人，即使戴上眼镜，他也认不清楚人，因为他的一只眼睛视神经萎缩，另一只眼睛则近视度数高达1200度——这是小时候患病无钱及时医治造成的。

虽然戴着眼镜，但盛家滨依然视力模糊，和正常人相比，他每挖一锄都显得小心翼翼，生怕挖到地外坎子边，更怕挖到石头崩缺了锄头。太阳很快便升得老高了，山上开始有些热起来，汗水从他额头上滑下来，滴进被挖松的泥土里。他停了下来，喝了两口带的冷开水，手机突然响了起来，原来是孩子们已经煮好了午饭，让他马上回去吃饭。

盛家滨估摸着打量了一下自己的劳动成果，尽管在清晨吃了一碗面条就上了山，可花了整整一个上午，自己只挖了不到大半亩地。"我太慢了。"他在心里埋怨自己，但很快便释然了，"只要我肯做，再慢，我也能将这一亩黄连种下去。到时，孩子们读大学的学费就不愁了。"

提到孩子，盛家滨的眼里就闪现出自豪和喜悦，身上也充满了力量。在建峰村，他家算是有点名气的"书香门第"，大哥盛家海在黄水中学教书，受此影响，盛家滨的三个孩子都喜欢读书，读书成绩都不错。大女儿即将从重庆师范大学毕业，目前正在家备考各地的教师招录考试，只是新冠肺炎疫情突然来临，导致春节前报名的这些考试都还没有启动；16岁的二女儿在石柱民族中学读高二，初中毕业时成绩优异，本来考到石柱中学优生班，但因为家庭贫困，为了给家里节省费用，懂事的她便转学到了有奖学金的民族中

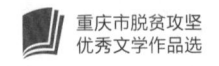

学,现在的成绩在学校名列前茅,每学期都能得到一定奖励;15岁的小儿子正读初三,成绩也很好,肯定也能考入普通高中就读。

2017年,因为自身残疾和孩子读书,盛家滨家被认定为贫困户。一年后,在国家相关扶贫政策的惠顾和县上帮扶干部的帮扶下,他家大力发展产业,最终顺利实现了脱贫,并利用建房政策补贴资金2万多元,筹借10万多元,将原来的旧房拆掉重新修建,一家人欢天喜地住进了新房。

孩子们的电话又打了过来:"爸,快点回来,我们和爷爷都在等你回来吃饭呢。"盛家滨嘴上答应着,却说:"你妈到村里打扫公路去了,你们给她打电话没有?"说完,他找到一根树枝当成拐杖拄着,一路摸索着,沿着小路移下山来。

到了家门口,他隐约看到院子里多了几个人影,却顾不上打招呼,便进了厨房,接过二女儿递来的洗脸盆,将身上的汗水擦干。他再次戴上眼镜,却发现院子里来了几个陌生人,一问,原来是来自石柱县农业农村委、驻建峰村扶贫工作队第一书记方志勇和两位报社记者。

对方志勇,盛家滨非常熟悉。这个30多岁的年轻人是涪陵区龙潭镇人,大学毕业后来到石柱工作,已在石柱结婚安家,是石柱县政协委员。作为驻村第一书记,方志勇对盛家滨家的脱贫帮助也很大。

坐在板凳上,盛家滨一边等着妻子回来,一边接受记者的采访,并盘算了自己一家的收入:

妻子余群兰是村里的全日制保洁员,全年收入1.3万元。

盛家滨是兼职护林员,全年收入0.6万元。

土地流转,一年可收入0.1万元。

闲时到村里的金银花基地打零工,每天可收入70元,一般情况下,全年可收入0.3万元。

……

"这几项收入能达到2万多元,仅够目前家里的开支,要想还清建房的债务,还有今后供小的两个孩子读大学,还得继续努力挣钱。"盛家滨说,"所以,我和媳妇才决定,再苦再累,也要想法种点黄连,等三五年后黄连收获,能卖个两三万块钱,日子就不会再紧巴巴的了。"

悄悄从外面回来的余群兰听到这里,大声地插话说:"明年,大女儿找到工作后,我们就只供二女儿和小儿子读大学了。我们再苦几年,等他们毕业工作后,我们就能退休享福了。"

在他们谈话的时刻,三个孩子也没闲着,两个女儿给院子里的花草浇水,儿子则陪着80多岁的爷爷晒太阳、说家常。和建峰村其他村民一样,脱贫后的盛家喜欢在屋前屋后摆上花盆,砌上花台,花盆里种得最多的是多肉植物,其次是兰花,花台上则种着豌豆、蚕豆和几根小竹,此时,白色粉色的豌豆花和黑粉相间的蚕豆花正热烈开放。

午后的阳光照下来,将院子里的这些花草照得喜气洋洋,只见盛家滨的眼里闪着晶莹的光,美好的未来早在那里安营扎寨……

一天记

沿河而下,他看到梨花盛开
春天来临
所有的人比春花更灿烂
在路边的一处菜地
一位从南阳回娘家探亲的年青女子
热情地招呼:

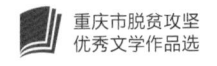

"感谢您对我父亲的关照！
中午，就在我父亲家吃点便饭。"
她的河南夫君，在旁边补充说：
"明天，到湖北的高速公路就开了，
我们就要开车回去。"

春天的周末，因为新冠肺炎疫情防控，加上村里的工作比较多，韦永胜决定近两个月暂不回家探亲。作为重庆市教科院干部，2017年9月，他便来到坪坝村担任驻村第一书记兼工作队队长。

一大早起来，韦永胜简单吃过早饭，便沿着官田坝河往下走，沿路走访心中惦记的几位村民。太阳出来了，许多果树的花都开了，杏花粉红，梨花和李花是雪白，许多蜜蜂在田野上飞来飞去，让田园平添了许多生气。

丫堡洞是邻近官田场镇的一个普通院落，住着20多户人家。院子里住着一个特殊的老人，这便是低保户文佑学。走进院子，韦永胜一眼看见老人正坐着靠在木壁上晒太阳。

"老人家，春节过得还好吧？"韦永胜问。

文佑学80多岁，平时听力不太好，看见韦永胜后，有些吃力地站了起来："韦书记，您又来了！"

"今年春节，由于疫情防控，儿子孙子都没回来过年吧？儿子打电话来没有？"韦永胜坐了下来，问。

"儿子没打来，孙子打来了，儿子在电话中跟我说了几句。"老人说，"过年期间，院子里的人都轮流给我送饭送菜，这个年，我过得很好。"

听了这话，韦永胜心里十分高兴。82岁的文佑学是个非常特殊的老人，一个人居住，却十分倔强，始终不肯接受政府的关怀，住进免费的养老院：

"我有儿有孙,有脚有手,进养老院做什么?"

可他的儿孙,却定居在远在千里的湖北。作为独居老人,他不肯和远在湖北的儿孙一起生活。文佑学早年丧妻,一个人独自将儿子文学安辛辛苦苦抚养成人,由于平时忙于做农活,对儿子的管理又太严格且简单粗暴,父子俩关系一直不太好。文学安长大结婚后,生下两个儿子,但大儿子却是残疾人,一家人生活十分艰难。坪坝村属于山区,水田不多,当年村民耕作的多是旱地山地,种的都是玉米、洋芋和红薯,难以养家糊口。为了改变生活,1998年初,文学安带领全家四口人,搬迁到"鱼米之乡"湖北荆门市石桥镇。临走前,文学安动员文佑学跟着去,可文佑学始终不同意。三年后,在荆门安下家的文学安不放心年迈的父亲一个人在家,专程回到石柱接文佑学过去,可文佑学还是坚决不同意,并悄悄躲到山间密林里,两天两夜都不回家。文学安找不到人,十分生气,只好委托左邻右舍帮忙照顾,只身返回湖北,从此再也不肯回来,只是委托小儿子回来看望老人两次。而文学安在湖北的生活也比较坎坷,2015年,大儿子双眼失明,2018年大儿子又因为失明而不慎掉入村里的鱼塘,溺水而亡。

父子俩虽然互不打电话说话,且很长时间未曾见面,却喜欢通过旁边人打听对方的情况。听到大孙子失明和去世的消息,文佑学很是伤心了一段时间,对儿子的语气也好了许多,只是始终不肯离开家乡到湖北去居住:"一是不想死后埋在外地,二是一个人自由些,不拖累别人,也不受气。"

为了帮助文佑学,韦永胜组织村支部党员定期到老人家里开展义务劳动,院子里的邻居也经常关照老人日常生活起居,为老人洗衣服、送柴送米。而今,老人每年低保有将近5000元,社保养老金有1500元,加上种粮直补和林地补助,老年人的吃穿都不愁。

离开丫堡洞,韦永胜来到石桥组,准备去看望特困户谭枢兰

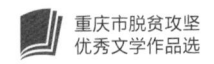

家。70多岁的谭枢兰独自一人居住，近年来经历了人生最大的磨难，一度让她沉默寡言，独坐门口，打量着门前来往的车辆和行人，一坐就是大半天。在韦永胜和驻村干部们的关怀下，老人渐渐开朗起来，将韦永胜和驻村干部当成亲人。

看见韦永胜，正在公路上散步的老人便笑了："韦书记，到哪里去？"得知是专程来看自己时，老人更加乐不开嘴："真是感谢您前次冒雨前来，帮我看房子漏不漏雨，现在房子整好后，一点也不漏了。"

午后时分，韦永胜准备前往大湾民宿去看看修建进度。这里原是保存完好的土家吊脚楼院落，石柱县一家企业投资向农户租赁，开发成了五星级农家乐。路过向家坝院子时，一位年轻的女子正在地里采摘蔬菜，看见韦永胜，便说：

"韦书记，您说的要到我父亲家吃顿饭，一直都没有兑现哟。"

地里还有一位摘菜的男子，用标准的普通话说："对，韦书记，中午一定前来喝酒。明天到湖北的高速公路就开放通车了，我们就要开车回到河南南阳了。"

韦永胜记得这位女子是向家坝一位村民的女儿，外地男子则是女婿。这次回到娘家过年，没想到新冠肺炎疫情这么严重，让他们在这里连续住了一个多月。

韦永胜婉言谢绝了这对夫妻的好意，心中却非常感动："坪坝村的村民都是纯朴的，其实我们驻村干部做的只是职责分内的事，只要用心对他们好，将党的好政策不打一点折扣地落实下去，他们是非常懂得感恩的。"

下午，韦永胜走到牛举坝"飘香里"农家乐，远远地喊了声："向大忠，在家么？"主人向大忠从屋里走了出来，却大声说："韦书记，等一下。"竟将院子旁边的三轮车发动，开了出来，停在路上，却始终不肯让路。韦永胜有些纳闷："向大忠，你做什么？这么几步路,用不着你开车来接我吧?你是不欢迎我来看你吗?这里路又狭窄,还不快把三轮开走,我好走进来。"

向大忠却憨厚地笑了笑:"您就从三轮车上走过去吧。"韦永胜看了他一眼,还是不太明白。直到从"飘香里"离开,转身看到向大忠将三轮车开走,他才明白了向大忠的心意,内心却万分感动。

——原来,这几天晚上都下春雨,那里有一个不大不小的淤泥坑,向大忠之所以要开三轮车,是担心韦永胜路过时脏了鞋子和不小心滑倒。

黄昏,韦永胜来到坪坝村移民安置点25栋3号。66岁的脱贫户谭弟槐和54岁的妻子刘学英刚从山上劳动回来,正在打扫门前门后的卫生。宽敞整洁的新房让他们倍加爱惜,大门和窗户上贴着两副鲜红的对联,门上贴的横批是"饮水思源",上联和下联分别是:"脱贫致富靠政策""新居落成感党恩"。

而窗子上的对联没有横批,上联和下联分别是:"精准精确精到户""扶贫扶智扶到人"。

谭弟槐本来住在田坝组,患有结石病,劳动力不强;2004年,刘学英带着5岁的儿子谭运平改嫁到谭家。谭运平长大后,由于没有技术,不爱劳动,作为继父的谭弟槐十分为难。

韦永胜清楚地记得2017年9月第一次到他家的情景。正是村民在田里劳动的大好时节,可谭运平却把自己关在屋里看电视,玩手机,谭弟槐夫妻俩也在附近溜达闲逛。

"谭运平,这么好的天气,你怎么没有出门干活呢?"同行的县民政局副局长焦良生心直口快地问。谭运平红着脸,谭弟槐一脸无奈:"哎呀,我管也不是,不管更不是。他待在家里,天天看电视。还要吃好的,穿好的。哎!真拿他没办法!"

韦永胜见了,劝导说:"你们三个都有劳动力,完全可以勤劳致富。老的两个可以在家种中药材,谭运平可以出去打工。"得知

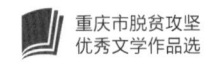

谭运平没有技能，便帮他联系了县扶贫办，让他下个月到万州去，免费参加挖掘机驾驶员扶贫培训项目学习。经过40多天的培训，谭运平找到了开挖掘机的一份工作，每月收入在3000元以上。

想到谭运平，韦永胜便问："谭运平在家没有？"

谭弟槐非常高兴地说："昨天就出门了，跟着旁边冷水镇的表叔，到湖南一家工地上去开挖掘机。"

出了谭弟槐家，天色渐晚。在暮色来临之际，韦永胜突然想起，石桥组脱贫户马学成长子马孟苏也是谭运平的万州挖掘机班同学，不知马孟苏现在如何？

赶骡记

>勤劳的手
>必定是一双多面手
>没有开挖掘机的日子
>他赶起了骡子
>种起了瓜蒌、前胡和黄连
>他坚信——
>现在政策这么好
>只要手不停，心不懒
>所有的一天
>都有美好的希望
>所有的秋天
>都有沉甸甸的收获

韦永胜想到马孟苏的时候，这个二十来岁的挖掘机司机，正牵着一头骡子，给华溪村山上的黄精基地运去了当天的最后一趟肥料。10分钟后，他对着骡子说了一声："收工了。"

骡子的鼻子里喘了一大口粗气，打了一个响亮的喷嚏，甩起浅红色的尾鬃，动了动后蹄，似乎是作了应答。骡子是马孟苏的父亲马学成前些年花了大价钱买的，本来有三头，由马学成夫妻和马孟苏每个人负责一头，但马孟苏去万州学了挖掘机驾驶技术后，马学成便将其中两头骡子卖了，只留下一头自己赶着去挣钱。

春天，华溪村黄精基地需要骡子驮肥料上山，马学成本打算自己赶骡子前去，谁知在新冠肺炎疫情期间，有些工地没有动工，原来在工地上开挖掘机的马孟苏体谅父亲的辛苦，便主动要求帮父亲赶骡。马学成笑了笑，不答应，说：

"你这是开挖掘机的手，拿来赶笨骡子，说出去别人不笑死你。"

马孟苏却从妻子怀里亲了亲刚满几个月的婴儿，认真地说：

"爸，你也是五十来岁的人了。我是年轻人，身强力壮，可不能就在家里这么长期耍起。现在华溪村黄精基地需要驮肥料上山，你就让我去吧。"

想了想，他又补充说："我现在也当老汉了。将来，我不想我的孩子说我是个懒虫，20多岁了还要爷爷打主力。何况只要能挣钱，开挖掘机和驮骡子，都是自力更生、勤劳致富，根本没有什么区别。"

当然，马孟苏还有一些话没有敢说出来："爸，你一直都很辛苦，也该享下福了，做些轻松活。何况你年龄大了，手脚慢些，如果换我去，我手脚麻利些，走路快些，每天起码能多挣好几十块钱呢。"

在夕阳下，马孟苏牵着骡子，走过华溪村金溪沟边的石桥，翻越了缺门山，开始往山下的家走来。

此时，暮色降临，山间小路上归鸟返巢，站在山顶，只见西坠

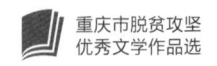

的夕阳挂在对面的山上，越来越圆，越来越红，渐渐地，它往山下隐去了半张脸，光线开始暗淡下来，山下的龙河和村庄被黛黑渐渐淹没。马孟苏望了望山下逐渐亮起的灯火，又望了望东边逐渐明亮的弯月，想到母亲做好了晚餐，妻子抱着孩子在公路边等着他，一颗心便不由自主地明快起来，胸膛也自豪地挺得高高的，似乎肩膀上担着的，就是一家人的未来和希望。

下山的时候，他让骡子走在前面。骡子走的是一条近路，山路狭窄，但月光下视野渐渐分明起来。很快，他和骡子就来到公路上，沿着官田坝河而上，再走半个小时，便是坪坝村石桥组上院子的家。

妻子抱着孩子，正在公路边的李树花下张望。看到马孟苏来了，她没有开口问候丈夫，却低头教着孩子："宝贝，叫爸爸。爸爸回来了哟。"

不满半岁的婴儿似乎听懂了话，咿呀了一声。那稚嫩的一声，让骡子疾行的四蹄也停了下来，让马孟苏一天的疲劳顿时不见了，飞到了树梢，飞到了天上。

还没走进院子，马孟苏就看到父亲站在那棵巨大的银杏树下，一个箭步走了过来，接过缰绳，将骡子牵到旁边的牲口圈里。石槽里早已堆了青草和旧稻草，骡子又甩了甩尾鬃，四蹄交换踢动大地，低头吃起草来。

一家人赶紧进屋。灯光下，十几个菜肴早已摆上桌子，大家围坐着一起，边吃饭边谈起2019年的收入：

种了瓜蒌30亩、前胡5亩、黄连2亩、黄精1亩，养了3头猪，10多只鸡，加上骡子驮货，全年收入9万多元。

马学成家是2017年被确定为贫困户的。此前的2016年1月，马孟苏的弟弟正在读小学，被检查出先天性心脏病，必须马上到重庆动手术，最终花了10多万元，除了花光全家并不多的全部积蓄，还负债5万多元。成为贫困户后，马学成带领马孟苏勤劳致富，在2018年成功脱贫。

饭桌上，马学成谈起明天再到山上挖地种1亩黄连："现在的政策真的是好。以前都是自己种，现在新种黄连还可以获得每亩500元的政策补贴。"

"对，前不久乡间也有猪瘟，小猪仔不好买，到现在也没买得到。"马孟苏说，"养不了猪，我们就多种点黄连。要保证今年收入不得低于去年的收入，最好能超过10万元。"

马学成听了，看了看两个儿子和孙子，只是乐呵呵地笑着。但他的妻子却坚定地说：

"等有猪仔上市了，我马上去买四头，一定要超过去年养的头数。现在沿河公路两边开了那么多的农家乐，养再多的猪，也有农家乐老板前来收购，肯定赚钱。"

民宿记

  大山深处
  清澈的小溪淙淙流淌
  风景无比美丽
  一位七旬土家老人
  在深山养蜂，继续甜蜜的事业
  年轻的"90后"民宿老板
  决心向老人学习
  打造官田坝河两岸
  最好的乡间私人民宿

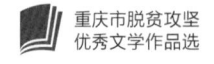

马学成家养的肥猪，会固定地销售给附近一些农家乐老板。全兴村关心组的刘志阳就是其中之一。

官田坝河由东向西一路往下流淌，沿途接纳两边大山的淙淙小溪。刘志阳开的农家乐叫"民谣庄"，旁边的榨房沟溪就来自背后小山，在这里汇入官田坝河。

春天，我们在采访马学成一家人后，慕名来到这个叫大田的地方。一下车，只见公路边矗立一排华美新房，上面立着"民谣庄"三个字。此时正是旅游淡季，没有旅客前来投宿，我们在门口叫了几声，没人应答，却见一只小狗从旁边钻了出来，朝着我们狂吠，却又不肯上前，只远远地不停地摇着尾巴。看得出，这是一只受过主人培训教育的农家乐照家犬，既能用叫声对陌生人示警，又会摇着尾巴对来客示好。

小狗叫了几声，从旁边小溪路上就走来一个年轻人。经他自我介绍，我们才知道他叫刘志阳，刚满27岁，是"民谣庄"的"少东家"。他是一个健谈的青年，引着我们参观"民谣庄"的房间和客厅、厨房。我仔细地数了数，总共应有将近50间，便说："你这'民谣庄'，开得真大！"

小刘摇了摇头，笑着说："没有那么多。后面这些是我叔叔刘帮富开的，名字叫'欢乐谷'，他家的客房最多，有30多间。我家前面有5间，后面有8间，总共只有13间房，只相当于我叔叔家的1/3。"

他给过一张板凳，让我们坐下，然后讲起他的创业经历。

2016年春天，小刘从重庆电信职业学院毕业，父亲刘帮荣让他回家创业，可他始终不同意："老家在大山深处，一年人都见不到几个，还谈啥子创业呢？"他来到沙坪坝区，进入一家快递公司，当起了快递员。

夏天，父亲又打来电话。"说是种了100亩烤烟，和母亲在家忙不过来，让我回家帮忙，给开工资。"小刘说，"我们家从2012年起，就在对面这座山那边的沙子镇鱼泉村白鸡坪租了100亩地，种起了烤烟。烤烟种的时候不苦，和种黄连一样，收的时候是最苦的，好多人都吃不消的。以前，主人都是要开出高工资，把酒打好，把腊肉炖好，叶子烟敬好，才有人前来帮忙的。"

因为担心父母累坏了身体，小刘找快递公司请了一个月的假，回到家里帮忙收烤烟。收完烤烟后，他跟着父母回了一次家，看到叔叔家开的"欢乐谷"生意兴旺，竟然有重庆主城的游客开车前来投宿，其中一个是重庆大学的退休老师，长得瘦瘦高高、白白净净的。小刘说："我这个人不怎么爱看书，但我尊重有知识的人，我清楚地记得，两个月前，还给他送过邮购的新书呢。"

刘志阳顿时对创办农家乐产生了兴趣，便给快递公司打电话辞了职，跟着父母在家修建农家乐。2017年夏天，喜欢民歌的他将建成的农家乐命名为"民谣庄"，正式开始营业，没想到仅两个月，就实现纯收入2万多元。

第一年的生意兴旺，倒让小刘冷静下来。他开始思考如何将"民谣庄"做成品牌，客人到这里来，肯定不是简单地住宿和吃饭，还需要进一步加大附属设施建设，好让客人来了有风景看，有地方玩。"这样，加上我们的优质贴心服务，他们会回去给我们免费口口宣传，会再次前来体验。"小刘对父母说，"我要贷款修公园、花台、亭子和步游道。"

这下，反过来是父母不同意：

"开这个'民谣庄'，我们前后花了50多万元，已经把全部积蓄投进去了。俗话说，摸着石头过河，有一分钱就做一分钱的事。贷款来修花花草草的假场合，完全是铺张浪费，也是多此一举，我们种的花，有黄水那个什么花都的花好看么，有那里的花种类多么？"

小刘耐心做工作，可父母铁了心不同意。最后，小刘也是急

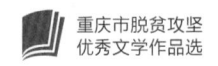

了，说："我自己去贷款来修，债务我个人承担。"

他找到石柱农商行，申请了一年一贷一还的创业贷款项目，贷了10万元，开始在榨房沟溪边修建花园。

讲到这里，小刘站了起来，带我们去参观他正在进行的花园施工项目。原来他刚才就在溪边和水泥，准备修建花台种花。站在小溪边，只见溪流清澈，淙淙作鸣，十分悦耳动听，小刘指了指溪边的小路，说："这条路，顺着小溪通往山上，里面起码还有10里路。我想打造峡谷步游道，让前来住宿的游客可以在这里钓鱼、玩水和嬉戏。"

小刘还告诉我们，往上走一个小时，在大山深处，有一个即将废弃的农家小院，而今只住着一位70多岁的养蜂人，在山上敞养了几十桶中华蜜蜂，一年能收入6万元以上。他的儿女结婚后都离开了老家，分别在盐井村、建峰村和官田坝街上居住，儿女们担心他一个人住在山上不安全，要接他下来居住，可他始终不愿意离开，还振振有辞地说："我一没高血压，二没糖尿病，心脏好，身体好，现在政策也好，我能挣钱，就绝不跟着你们享福。"

"这个倔强向前跑的老人，叫赵武成。他的女儿赵春梅，就是我的二婶，也就是我二叔刘帮华的妻子，在官田坝街上开店。"小刘说，"我是年轻人，有点受老人的积极影响，觉得老人都这么勤劳，我更应该向他学习。昨天我都还在想，准备利用旅游淡季，先出去打两三个月的工，挣点钱，等5月天气热后，到黄水来歇凉的游客多了，再回来经营农家乐。"

顿了顿，他不无遗憾地说：

"可疫情没结束，村上说不能出去。我想，就利用这点时间先修修花园，建一点步游道。"

溪边记

> 李子和樱桃的花
> 比龙河里欢腾的鸭子白一些
> 鸡棚里的鸡,比阳光金黄一些
> 芍药和枇杷,洋溢着绿意
> 向学伟独自居住
> 正筹备开设农家乐
> 院坝里却满是生气
> 将近半年的时光
> 将他从妻子刚刚病逝的悲痛中
> 拉了出来,他挥一挥手
> 正描绘着无限的希望

春天的早晨,龙河两岸醒来了,小鸟在枝头欢叫,油菜花黄灿灿的,铺在碧绿的河水两翼。在重庆市委研究室干部、驻村第一书记陈俊名的带领下,我们从中坝场出发,沿河而下,在龙河村杨柳组,一座公路桥将河的两岸连接起来。走过桥去,只见一条山间流来的小溪淙淙作鸣,溪上一座小木桥,桥的另一端,连接着一个崭新的村庄。

说村庄是崭新的,是因为房屋是新修的。这个叫下坝的小村庄,最早可追溯到清乾隆年间,背后村民先人的祖坟,正说明了村庄的悠久历史。据族谱记载,先人们是从桥头迁徙到这里的,经过上百年的繁衍生息,人口最多时有七八家共40多人。但是,随着村民的搬迁和宅基地复垦,现在这里只住着向学伟一家人。

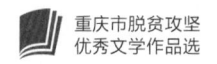

说是一家人，其实也就是向学伟一个人。但是，这一天的下坝却人群涌动、非常热闹。院子里三只小狗互相追逐撕咬嬉戏，四个五六岁的小孩子也加入其中，将院子吵得像一个课间幼儿园。我们走到院坝，看到屋子里两位大姐正在做家务，一个50岁左右的土家汉子正在院子里打灶，看见我们，便高兴地跟陈俊名打招呼：

"陈书记，早！"

这个朴实的土家汉子，便是房屋的主人向学伟。屋子里的两位大姐，原来是他的二姐向学翠、三姐向学碧。嫁到县城、照顾孙辈的她们，听说弟弟要开农家乐，便相约前来帮忙，因为不放心将孙子孙女们委托给别人照顾，两姐妹索性一起带下来，顺便让他们到乡下体验乡村的童年乐趣。

向学伟拉过一根板凳，让我们坐下，给我们讲起他的人生经历。他的话不急不慢，似乎和院子边河滩上的麻柳树一样，已经习惯了孤独与吃苦。

许多年前，向学伟在桥头中学毕业后，曾经外出到浙江打工，结婚后生了两个女儿，后来为了照顾年迈的父母，又辞职回家尽孝。自古道"忠孝不能两全"，在家种地挣不到钱，妻子便和他离了婚。

2016年，他经人介绍，娶了桥头镇一名女子。结婚没多久，妻子便被查出癌症。他不离不弃，陪着她到县医院治疗，先后花去10多万元。2019年10月，妻子去世。经新型农村合作医疗政策报销后，加上县、乡和村上送来的救助金，家里只花了五千来元。

"现在政策真的好！以前真不敢想象这笔钱怎么还。"向学伟说，妻子生前多次对他说，一定要感恩党和政府，要力所能及地发展产业，勤劳致富，不要给政府拖后腿。

2017年，按照国家相关政策，向学伟获得国家建房补助3万元，又贷款5万元，修建了这一排新房。2019年底，在妻子去世后，向学伟没有忘记妻子生前的叮嘱。他决定放开手脚发展农家乐，在帮扶干部的指导和帮助下，借款10万多元，将新房装修升级，打造院坝花园，客房内不仅安上席梦思，还买来电视，装上闭路，接上网络，让客人能够在此安心入住。

院子里早年种下了李树、枇杷、樱桃、桃树等果树。他又利用临近龙河和小溪的地利，圈养了鸡和鸭。只是由于管理技术不到位，300只鸡目前只剩下50多只，200只鸭子也只剩下180多只。不过，吃一堑，长一智，在县农业农村委技术专家的指导下，向学伟现在已基本掌握了鸡鸭饲养技术。

听见村庄旁边传来鸡鸭欢呼声，我们便要向学伟带我们前去观看。从一簇李花和桃花下走过，首先看到青竹栅栏围着的鸡群。地上，几只漂亮的公鸡时而扬长脖子，时而低声浅唱，正在吟诵人类听不懂的情诗，稳重的母鸡则悠闲地散步、觅食，对公鸡们的表演不闻不问，而欢跳的小鸡则在奔跑着，扑打着翅膀飞到灌木上，在枝头上站不稳，又扑打着翅膀摔下地来。栅栏外，邻着龙河的是一个小小的浅塘，一小半鸭子在塘内游动，另一大半鸭子则在龙河浮游。

雨季尚未来临，龙河的水是温婉的。在龙河边，向学伟告诉我们，以前河上没有桥，遇到春夏雨季涨大水，就只能望河兴叹，或者往上游或下游各绕行一个多小时，才有木桥和铁索桥过河。可是，院子附近田地不多，有的田地就在对岸。每年5月上旬，地里麦子蚕豆油菜收割，田里又要忙着栽水稻，正是农忙"双抢"季节，只要水流平缓，向学伟的父母就会带着他们兄弟姐妹冒险过河去劳动。尽管走的是水浅的熟路，但他们个子太小，浑浊的泥水仍会淹到他们的脖子，有时候，他们看到一根麦秸浮在水面，被小小的漩涡所移动，一直移到他们的眼前。面对一江浑黄的江水，他们总是想到地里待割的麦子，麦子的高度也是刚好到达他们的脖子，

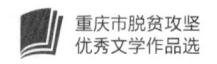

风吹来,麦浪就泛起来,就像眼前被风和漩涡"编绘"的波浪。

让向学伟增添开办农家乐底气的,还有溪那边上百亩生态观光农业园。此时,阳光照在大地上,田野一片勃勃生气,远远望去,园子内的油菜花竞相盛开。我们沿着小溪往上走了近百米,走过木桥,来到农业园内,登上水泥台阶,在山丘顶的亭子上坐下,极目四望,只见近处一片金黄锦簇,引来许多只蝴蝶和一群群蜜蜂围着花朵起舞,龙河像一条长龙向远处蜿蜒延伸,对岸和远处青山翠绿,白色的花和红色的花点缀其中,犹如一颗颗艳丽明亮的大地之星。

从农业园回来,两位大姐已给我们烧好"茶水",热情地端给我们。作为土生土长的土家人,我对"茶水"充满了敬畏。待人热情实诚的石柱人,总是将荷包蛋、米米茶和油醪糟汤圆谦称为"茶水"。虽然大姐煮的不是容易喝的米米茶,但好在也不是难喝的油醪糟汤圆,而是清淡适口的水煮荷包蛋,只是土家风俗"好事成双",热情的大姐竟给每个人煮了六个。我们赶紧用筷子夹出四个放到桌子上的盆里,只吃了两个。

"已经快到11点了,起码要吃四个啊。"两个大姐热情地劝我们。向学伟邀请我们,在农家乐开业后,一定前来免费体验。他告诉我们,现在让他担心的是到时生意太好,他一个人忙不过来,又得麻烦两位大姐前来帮忙。

"本来,我是想让两个女儿回来当老板的。可是,大女儿出嫁后,在浙江杭州市余杭区打工,小女儿刚高中毕业不久,在江苏常州打工。她们都说在外面能找钱,环境也好,不愿意回来。"向学伟笑着说,"到时,等我们这里的环境变得也跟城里一模一样,开农家乐挣的钱还比在外打工多,看她们回不回来?"

"春江水暖鸭先知,青山风轻花伴草。"这真是一户美丽的溪边人家啊!我相信,这家农家乐的生意一定会越来越红火。

社工记

  他揣着必须定时吃的药
  骑着车，穿行在山间
  他登上山顶，走进小径
  和老人聊聊家长里短
  驱赶老人心里的寂寞孤单
  和孩子们一起做游戏
  陪孩子们读书
  给孩子们讲解山外的美好世界
  他像天使，像一缕助人为乐的馨香
  让山间充满了欢声笑语
  大山给他的回报丰厚无比
  奔跑的他，终于寻到人生的意义
  他收获了真正的自我

  他是一个因慢性病而不敢结婚的中年人，是一个在岁月中经历过奔波沧桑的农民工。

  现在，他是石柱土家山区最普通的一个爱的天使。

  "我是中益乡社工谭非，我行走在美好乡间，把希望和帮助送给留守老人和孩子。"2020年4月8日一大早，谭非起床后，在笔记本上抄写这么几行字，就骑着摩托车，到田野和乡村去。

  他是一个40岁左右的土家汉子，个子不高，常年日晒雨淋的脸有些黝黑，但笑起来依然可以见到他牙齿洁白，双眸明亮。出了门，他往左边的公路一拐，沿着龙河而上，到了盐井村便往左一

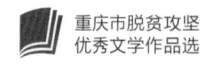

拐，沿着官田坝河而上，河谷两岸，一字排列着坪坝、全兴和建峰三个村。

这一天，他的目的地是建峰村。早上八点，他的车驶过官田坝河下游的高台水库，旁边便是坪坝村向家坝院子。他习惯性地下车来，看到杜文兵老人焦急地张望，一位村民则手里拿着手机，急得直跺脚。这位村民听到摩托车停下，看到谭非，连忙举手喊道："谭老师，快来……快来……你看老杜的家属病了，现在连起身都困难，大家都也不知道怎么拨打医院的电话，他的两个女儿都在外面打工，你赶紧来看看吧。"

谭非走进杜文兵老人家，只见老杜家属马泽兰老人躺在板凳上，精神萎靡不振。马泽兰耳朵不好使，谭非接连问了两三声，才知道马泽兰的腰疼病突然犯了，站不起身，可大家都不知道乡医院的电话，拿着个手机干瞪眼。谭非马上给中益乡医院院长蒋凤打了电话，蒋院长了解情况后，答应马上派车和人过来，接老人前去医治。

放下电话，谭非将马泽兰老人慢慢扶到公路边，找来一条板凳让她坐着，又对杜文兵老人说："今后不知道医院的电话，就看门上贴的家庭医生名字，上面有医生的手机号。"10分钟后，救护车到了，谭非帮忙将马泽兰老人送上车，又骑着车往前走。

谭非穿过官田坝场，来到大风堡森林山脚下的建峰村石坪组，走进一个叫塔寺坪的村庄。这里比较偏僻，山高路陡，天气变化很大，早晨出门时，尚且是晴天，此时将近中午，这里却下起了小雨。"人间四月芳菲尽，山寺桃花始盛开。"因为海拔高，其他地方的李花桃花都已经谢了，可这里的李花桃花却正在盛开，使大山深处的村庄沐浴在一派春天的景象中。

走进村子，只见村民老杨挂着一根木棍站在屋檐下，正焦急地等待着："哎呀，刚才下了点雨，淋着了没有？来来来，我刚把火生好,快点来烤火。我们这里跟黄水一样的,一下雨就冷得很,你身体不好,千万别感冒了。"说罢,拉着谭非就进屋,一股久违的温暖立刻向谭非扑面袭来。

前一次来看望老杨时,谭非知道老杨为种黄连在山上摔伤了,养了好几天才逐渐恢复。看到老杨脸上愁苦,谭非还以为他腿伤又犯了,便问:"腿伤还没好?"老杨却摆了摆手,说:"不是腿上伤痛,是我家老婆跟我闹矛盾。我是个男人,不知道如何处理。兄弟,你来帮我好好劝劝她。"

原来,2018年,老杨的妻子因病去世,2019年底,老杨经熟人介绍,与沙子镇一位谭姓妇女结婚,在一起生活了半年后,因经济纠纷问题,两个人闹了两个月有余。老杨讲完,眼睛盯着谭非,焦急地问:"像我这样的情况,不晓得和她还能有机会走到一起不?"谭非马上安慰说:"只要你有信心,你愿意跟人家过日子,我就能帮你。不过,我还要来了解一下,人家为什么要跟你闹矛盾?如果是你的错,你一定要改。"

这次到塔寺坪,谭非的主要任务是了解新冠肺炎疫情缓解后,留守老人和在家上网课的中小学生的生活、学习和劳动情况。在老杨家吃过午饭,他便着急赶去走访其他村民和学生。老杨却拉着他的手,说:"兄弟,你这次一定要帮我的忙。"

"老杨,你放心,我明天就到沙子镇去,找你老婆了解情况。"谭非笑着答应道。

经过谭非连续两天的奔波,最终成功地让老杨夫妻俩矛盾全释,和好如初。

在村民们看来,谭非知识丰富,能说会道,乐于助人,是位开朗活泼的好社工。其实,谭非的经历也是坎坷的。他是石柱人,至今未婚,老家在北部的临溪镇乡村,距离中益乡将近一百公里,因为老家和县城都没有住房,所以他除了偶尔看望亲友,几乎一直住

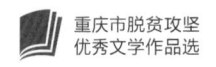

在中益乡路漫社工宿舍，可谓是真正"扎根山村"。年轻时，他曾经到过浙江、广东打工，在东莞塘厦待了20年，因为从小就患有肾病，后来越来越严重，他不能做重体力活，好在他喜欢文学，文字功底不薄，就在一家公司办公室当文员，每月的工资除了看病吃药，所剩不多。他不敢恋爱，也不奢求结婚，就如此一个人让岁月悄悄地陪伴。

2015年底，考虑到家里的老人年龄渐大，而自己的身体也不再适合在外奔波，谭非带着多年辛苦积攒下来的6万多元钱，回到石柱县城。先是准备开一间文艺茶吧，可一打听投入，他再也不敢有这想法，虽然租金并不太贵，但装潢资金和设施配备却需要10万元以上；他又准备开一家简易的快餐厅，主要做炒饭、饺子和面条，投入虽不多，可除了自己可以兼任服务员，还必须聘请一名每月底薪在5000元以上的大厨。因为本钱少，经不起亏欠等折腾，家中的兄弟姐妹和亲戚都在务农打工，他在石柱整整耍了3个多月，想来想去，最终决定在石桥子开办学生作文培训机构，自己一个人就能全部承担。

2016年春，他的培训机构开业后，前来报名的中小学生不多不少，生意也不好不坏，但基本能维持生计，培训时间多在晚上，周末则在下午，所以他并不觉得累，还有闲情写了几篇散文。原以为这样的日子就会如此不平不淡地过下去，没想到了年底，他遇到了一个骗子电话，被骗了1万元。

对于其他人来说，1万元也许不多，这却是谭非一年工作下来剩下的辛苦钱。这次打击让他对创业心灰意冷，便关掉了培训公司。命运给人关上一扇窗，也会及时打开一扇窗，不久，石柱县成立路漫社工服务中心。2017年秋，经朋友介绍，谭非成为其中一名社工，主动申请来到中益乡，为留守儿童和老人提供心理咨询和其他生活、学习上的帮助。

"路漫漫其修远兮，吾将上下而求索。"这是路漫社工成立的初衷，也是谭非心中的座右铭。

"生活中虽然有时有骗子，有许多不如意，但人间更多的是阳光。"谭非说。

在中益乡村，谭非付出了许多，也收获了许多。他一直是一个怕狗的人，曾经有两三次，骑着车的他被乡下讨厌的狗追着狂吠，而善良的他又害怕压伤了狗，有时掌控不住车把手，便会重重地摔倒在地。每到这个时候，便有邻近的村民走了过来，将他扶起，询问他摔伤没有，并大声打骂惹祸的狗。乡亲们热情的待客之道，让一直在外打工的他感到亲切和温暖。

两年多来，谭非得到了当地许多老人和孩子的尊敬与爱戴；在忘我投入的工作中，他找到了实现自我价值的东西，那些一度大山般压在心尖的所有病痛和往事，都随着龙河两岸的山风而永远消逝。

开朗的阳光，已经从他的心尖升起来，最终悬挂在他的嘴角；所有见到他的人，都陶醉并感动地称赞他的微笑。

石柱篇

大地向美

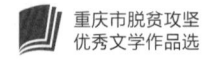

每个土生土长的石柱人，该怎么回忆这片大地近年经历的美颜历程？

走在美好时空之间的人，该怎么描述这片大地不断发生的巨大变化？

这里是石柱。重庆唯一的土家族自治县，重庆七大红色革命老区之一。

这里地接中西部，交通便捷，风景秀丽，物产丰富，黄连、莼菜、辣椒等标志特产闻名遐迩。在千百年的历史长河中，这里北邻大江、南屏群山、东临三峡、西承巴境，一直是渝、鄂、黔三地的重要交界地。唐初武德二年（公元619年）置县以来，历经前后蜀和宋元明清的烟火繁衍，这片土地孕育了无数的英雄人物，诞生了丰富的历史文化，形成了一批迷人的旅游风景。

这里有二十四正史中唯一单独作传的明代女将军秦良玉，有1928年在国民党法庭上为中共四川省委代理书记张秀熟作无罪辩护的"红色大律师"熊福田。这里有世界经典民歌《太阳出来喜洋洋》，李白、白居易等诗人曾在此留下诗迹。这里有全国首批十大历史文化名镇——西沱古镇，有重庆著名的旅游避暑胜地——"天上黄水"，有重庆最美森林——大风堡原始森林、重庆最美草地——千野草场。

康养石柱，风情土家。近年来，这里精心打造康养产业，打赢打好脱贫攻坚战，大力实施乡村振兴战略，在产业扶贫、旅游扶贫、生态扶贫等方面取得了良好成效。特别是在2019年4月以来，石柱土家山寨人民牢记习近平总书记亲临石柱视察调研重要指示精神，倍感温暖、备受鼓舞，倍增激励，在3000多平方公里的土地上，掀起了一股精神向上、心灵向美、步伐向前奔跑的热潮。

于是，在北纬30度、东经108度的天空下，在这个四季春意浓郁、春景盎然的美好时代，阳光温暖，山河起舞，花木涌动，人群奔跑，"朝则为花，皓皓彤彤；暮遂有果，红红火火。"大地上的万事万物和千景百镇，都呈现出前所未有、日新月异、完美无瑕的向美演变历程。

石柱人民永远记住——

大地秀雅起舞，是因为春风在吹拂、人群在奔跑。

大地笑颜向美，是因为阳光在向下、春天在向上。

仰读一朵云的鸟瞰和记录

夏天,天空碧蓝,大地苍翠。即使站在石柱土家山寨最高点、海拔1934米的大风堡,我们的目光必然被以方斗山和七曜山领衔的诸多群山所阻隔,无法深入了解到这片神奇热土上的即时即刻的微妙变化,无法清晰看到大地上每个角落勤劳的人的奔跑。

但是,假如我们仰望天空,便能看到在头顶,天上有一朵云点缀蓝天万里。它洁白,柔美,有美颜,无瑕疵,与蓝天浑然一体,像一把天上的拂尘,可以扫净我们心中的些许尘埃。"欲穷千里目,更上一层楼。"它悬挂在万米高空上,视野肯定比大地上的我们更为辽阔。

在这个夏天,让我们跟随这朵云的目光,去看一看这片北纬30度、东经108度的美丽大地。

出行前,我们先了解一下这片大地的外形。它像一枚美丽而奇特的枫叶,美丽的是它的绿与碧,绿的是森林和草地,碧的是河流与湖泊;神奇的是叶脉有两梗,这便是在古代诗人们笔下"高耸入云"的方斗山和七曜山,作为两座分属不同走向的不同山脉的名山,它们在这里入乡随俗、文明谦让,最终步伐一致、完美平行,南渡过江的方斗山首先舍弃了巫山山脉的南北走向,北行延伸的七曜山也放弃了武陵山脉大多数大山的东西走向,最终形成东北—西南走向,成为石柱这片大地的主要脉络。连接两座名山的,是逶迤流淌在山地之间的龙河,两岸便是铺陈着众多村庄的龙河谷地。

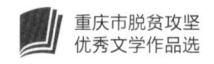

热情的云朵先带我们的目光来到长江以南、方斗山以北。这是一片丘陵，因有方斗山的阻隔，被石柱土著人称为"山外"或"河边"。有了长江水的浇灌，这里一直是石柱县最主要的产粮区，也是人口密度最大的地区。最北边的，是一座远近闻名的古镇，这便是中国首批十大历史文化名镇——西沱。它北与忠县风景名胜石宝寨隔江相望，东隔源于方斗山、注入长江的石槽溪与万州区相邻，是历史上忠县"巴盐销楚"的重要起点，自古以来便是江南商贸重镇，其在长江沿线古镇建筑中独一无二的"云梯天街"，在烟雨浩渺的雨季拾阶而上，犹如登上直达云雾笼罩的天上的一道天梯，更是远近闻名的一道独特风景。

我们看到，上午10点，在江边下盐店附近广场，停下了一辆旅游大巴车，从车上下来一队来自四川南充的游客。在导游的引领下，他们一路游览，兴趣盎然。在当年最繁华的平街，在著名诗人邹荻帆1985年5月5日坐的青石头旁，守护古镇的黄宁平等志愿者团队的队员们不仅自豪地表演玩牛、舞狮、跳摆手舞等民俗，还绘声绘色地讲解古镇的逸闻轶事、名人传记。

在新冠肺炎疫情期间，这座古镇因为邻近重庆疫情重灾区万州，从而经历了长达一个多月的封镇时光。在封镇前的除夕一大早，许多刚回到家中过节的党员干部，接到通知立即放下饭碗，驱车返回西沱，连夜对从湖北返回的群众开展巡查摸底。而今，战胜疫情的古镇群众，在各自的奋斗领域正忙着向前奔跑。

在西沱镇南坪村青龙嘴组，72岁的脱贫户陈正芬正在地里收花生。3个多月前，她熟练地驾驶着重有二三十斤的微耕机，将土地犁松，种下了玉米和花生。前几天刚收完玉米，现在，她又忙着在炎热中收花生。

陈正芬是一个自强不息、不等不靠、奋斗向前的老人，不仅细心照顾生病14年的老伴和生病6年的孙子，还要独自耕田、插秧、种玉米，饲养生猪和母牛，一年收入将近2万元，比一般的青壮年还强，被村民们誉为"乡村好劳模"。

方斗山是石柱最著名的一座山脉，它将石柱分成山内和江边两个经济和文化发展程度不同的区域。面对它的巍峨，一千两百多年前，唐代诗人白居易从江州司马调任忠州刺史，曾发出"南山多苦道"的感慨。我们跟随云朵的视野，沿着曾经的驿道，跟着古人的足迹，越过方斗山，来到大歇镇双会村。

双会，小名双笕，沪蓉高速公路方斗山隧道刚好从这里穿过。历史上，这里曾是著名的驿站，无数生活在江边的先人，曾经为了躲避战乱和逃避饥荒，扶老携幼地翻越方斗山后，在这里短暂歇足，之后便各奔前程，前往七曜山下和更远的武陵山区，去"靠山吃山，靠水吃水"，去重建自己理想的幸福家园。

蓝天下，重庆象先生电子商务有限公司的标牌更加明晰，电商向学明正和乡亲们一起，忙着将香米和花生包装打捆，按照客户留下的地址寄往全国各地。作为共产党员，2016年春天，向学明为解决家乡优质农产品难卖问题，辞去年收入超过20万元的企业高管职位，返乡开设网店进军电商，并建成了一个集农产品仓储加工、线上交易、线下体验、物流配送、培训孵化、便民服务于一体的乡镇电商综合服务中心，带动村民开设网店11个，组织贫困户利用空闲时间生产土家刺绣、竹铃球等手工艺品，并义务帮助在网上销售，年销售额300万元以上。

电商，在石柱大地正成为新兴产业。

从双会村往东走，越过几座山丘，便到了桥头镇。在这里，我们会认识一个叫刘一君的电商服务站负责人，在扶贫加工车间，她带领村民们加工包装干菌、干竹笋。这些土特产看着其貌不扬，"长相"普通，却凭借绿色环保、营养值高、口感好，深受外地用户的好评。

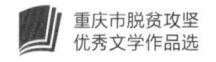

聆听村民的介绍,我们知道,52岁的刘一君原本是地地道道的农村妇女,参加县内外组织的电商人才培训活动后,开设了"三多山土鸡""君姐生态农场"拼多多及淘宝店铺,实现山货到网货的转变,累计实现销售额达100万元以上。

在石柱,谭姓是第一大姓,共有将近8万人,几乎占全县55万人口的1/7。据湖北咸丰县活龙坪乡谭氏族谱记载,他们的祖先是清道光咸丰年间从石柱江边的慈孝寺祠堂迁徙而来。沿着这支谭姓的迁徙轨迹,我们跟随云朵的视野往东南走,便会到达石柱南边第一大镇马武镇。在这里,我们会看到前锋村脱贫户罗武江成功经商电商的致富故事。

2018年5月,罗武江在淘宝开店,将店铺取名"嘴巴铺子特产"。主要销售腊肉、调味品、山货类农特产品,第一个月就实现纯收入1万余元。

拿着每年超过8万元的纯收入,罗武江并不满足。2019年,他又新在京东、拼多多、易田扶贫等平台开设店铺,与县级传统生产企业杨二哥腊肉、念椒牛肉、小天鹅火锅、金田粉丝等签订代理协议,通过扶贫对接、线上推广等多种模式,年销售额达到500余万元,并招聘了4名村民就业。

在电商经营的石柱土货中,有一个知名品牌叫三星香米。三星香米,顾名思义,就是三星乡出产的香米。

假如我们能翻阅白云记载的历史,我们就能看到,远到1300多年前的大唐时代,从黔中道治所在地彭水县郁山镇出发,有一条连接山南东道下辖忠州(今忠县县城)的宽大驿道,往西翻越崇山峻岭,穿过马武镇,将来到石柱和丰都两县交界处的最大草地——大风门。在大风门下面,便是因"三星伴月"而闻名的红色革命老区三星乡。

让我们跟随那朵乐于当"向导"的白云,沿着废弃的驿道,来到三星乡。作为红色革命老区，这里创造了中共石柱县党史上的多个第一。1926年，当地村民张承燕成为在石柱县本土第一个加入中国共产党的党员，在他的组织和带领下，这里成立了石柱县第一个党支部、第一支农民赤卫队、第一个苏维埃政府。革命的星星之火，在这片热土上赤诚燎原。解放战争时期，这里成为中共川东南岸工委领导下的主要游击区，无数土家英雄儿女拿起刀枪，抛头颅、洒热血，终于迎来了解放。

三星乡海拔在800米左右，属于七曜山脉老厂坪斜坡高山丘陵区，境内植被良好，土壤肥沃，自古就是石柱的"鱼米之乡"。由于海拔高，气候凉爽，日照时间长，水稻生长时间长，这里的大米非常好吃。在乡党委的领导下，三星乡农民组建了三星香米专业合作社，注册了三星香米商标。从2017年起，西南大学副教授隗溟便常年在此驻扎，为香米种植提供技术支撑，并率先在全市提出了稻田养鸭绿色环保种养模式。

"石柱香米，南有三星，北有寺院。"在石柱这片神奇的大地上，以香米闻名的地域远远不止三星一处。我们跟着云朵的视野，再次往北行走，经过县城和大歇、龙沙镇，便来到了悦崃镇。

悦崃，古称悦来，取《论语》"近者悦，远者来"之意。从南宋到明初，这里一直是石柱土司正使、安抚使（宣抚使）马氏衙门驻所，有"宫廷贡米"之称的寺院贡米更是历史悠久、盛誉不衰。清代山东诸城人、石柱直隶厅同知王萦绪撰写的《石砫厅志》，则将其褒誉为"香米"：

"香稻产悦来寺院，此米呈明色，晶亮；香味扑鼻，馥溢四邻，成饭后，如油拌，胜过糯米。"

目前，寺院贡米已成功注册"寺院坪"商标，建成面积达430亩贡米种植基地，年产香米20吨以上。每到10月金秋收获季节，这里便顾客云集、供不应求，许多农民因此实现了脱贫致富。

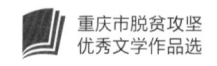

"让每一位孩子都能上学。"这是石柱县每所中小学的誓言。从悦崃镇往北,便到了明末石柱安抚使佥事、冉氏土司的驻地王家乡。在第二次国内革命战争时期,四川工农红军第三路游击队渡过长江,翻越方斗山,在这里的西乐坪开展轰轰烈烈的革命斗争,最后被国民党反动军阀重兵围剿,无数红军战士英勇牺牲。

正是暑假期间,家住王家乡光华村桂花组的临溪中学学生冉菊平初中毕业,即将升入高中就读。他成长在一个单亲家庭,家境贫寒,小学毕业便辍学在家务农。2017年9月,石柱县教委驻村干部进村入户走访了解到情况后,便多方努力,最终帮助他顺利入读临溪中学。

为了保证让贫困家庭的孩子读书,石柱县还给贫困中小学生给予生活补助。在悦崃和大歇镇之间的龙沙镇大沙村,脱贫户成伟洋提起在读书的孩子,十分高兴:"我孩子读初中住校,每年有生活补助1750元,'兜底'资助1500元、营养午餐补助800元。今年小女儿刚上幼儿园,说她每年可以免学费1500元,享受营养午餐补助800元。"

不仅让农民孩子"义务教育"有保障,让农民不愁吃、不愁穿,还要让农民"基本医疗和住房安全"有保障。近年来,"两不愁三保障"政策措施在石柱这片大地得到了最好落实。脱贫户都能报销90%的医疗费,有了钱的村级集体经济组织,还会对个人承担的10%费用给予一定数额的资助。

与王家乡相邻的石家乡黄龙村潘家坪组,低保户张树发原来所住房屋破旧漏雨,极不安全,其家属谭宁芳常年患病,行动不方便,生活十分困难。2018年,在危旧房改造政策支持下,政府对其作了C级危房改建,配套人居环境改善硬化了室内外地坪约200平方米,厨房新建了碗柜和案板,修建了卫生厕所,在院坝栽植了3棵桂花树进行了绿化,使周边环境卫生明显改善。

出石柱县城往东，便是连接垫石、丰石、梁黔三条高速公路的交通枢纽三河镇。在这里，红明村鲤鱼组新生儿谭雅月得到了党和政府的关爱，因为其父亲肢体二级残疾，母亲视力一级残疾，哥哥谭航年仅8岁。2019年12月，石柱县民政局通过摸排，发现她符合事实无人抚养儿童救助条件，使她于2020年1月起，享受每月1204元的基本生活补贴。

石柱是典型的大山大河，位于大山之上的部分乡村，旱季用水十分困难。近年来，县水利局加强人畜饮水工程建设，建成了乡镇供水厂、176处农村饮水安全巩固提升项目，组建乡村人饮协会，让农村缺水地区群众都用上清洁干净的自来水。

让我们继续往北走，跟随云朵的旅行，去鸟瞰黄水高原夏季的热诚。

黄水，是石柱县北部著名的高原，森林覆盖率高，平均海拔在1500米左右。这里的东部属于七曜山区，是架起七曜山与方斗山的高原"桥梁"，风景优美，拥有莼菜、黄连花薹、都巴、烟熏腊肉、山珍菌子汤等美味佳肴，夏季十分凉爽，美景、美食加适宜的气温、优质的空气，使这里很快成为重庆境内闻名的避暑胜地，每年到这里旅游避暑的游客络绎不绝，人数最多的一天竟然达到20多万人，几乎是黄水本地居民的15倍。

依托黄水得天独厚的旅游优势，黄水和附近的石家、鱼池、枫木、冷水甚至更远的中益、悦崃、金铃等乡镇，都涌现出一大批星级农家乐。

太阳刚刚升起，8月的黄水高原便开始热闹起来，从七曜山际吹来的微风，让整个原野呈现出一片丰收的喜悦。走在冷水镇八龙村的公路上，天空碧蓝碧蓝的，带着些许如垛的白云，一起映照在莼菜田的水面上。田野里满是采摘莼菜的人，他们之中，有的是主人，有的是石柱县本地甚至从湖北利川前来的打工者，正弯着腰，

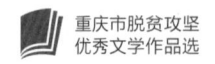

聚精会神地劳动着。唐洪轩站在田里，左手推动浮在水面的塑料盆，右手不停地分开莼菜叶片，伸入凉爽的水中，采摘着新鲜的莼菜。伴随着双手的挥动和双脚向前的移动，原本只被微风吹皱的水面开始不停地荡漾，蓝天白云便似乎和他的脸一样，充满了幸福的微笑。

对于唐洪轩来说，新世纪是他最幸福的日子，特别是党的十八大以来，他的生活发生了翻天覆地的变化。2001年，唐洪轩24岁，没有女朋友，人也变得慵懒消沉，喜欢打牌喝酒，因为没有多少钱，所以也不用存折。2002年，他住的房子成了危房，镇村干部关心他的安全，便让他借住到村委会办公楼。可想到这辈子可能娶不到媳妇了，他就有些伤感，人也变得更加消沉起来。

原以为就这样窝窝囊囊地过一辈子，没想到2008年，高速公路和旅游公路都修到了冷水镇，在工地务工的唐洪轩认识了在工地做饭的秦大明，两人恋爱后，结了婚，有了孩子。可是，唐洪轩没能力挣到更多的钱，一家人只能依旧借住在村委会旧办公室。

2014年，在扶贫攻坚工作中，唐洪轩评为贫困户。在扶贫干部一对一帮扶下，他学起了莼菜种植技术，将家里的8亩水田全种上了莼菜。一有空，他就会去田坎上转，亲眼看着它们生根发芽，觉得生活总算有了希望。再后来，云中花都景区落户八龙村，他和妻子前去务工，每个月总共有了4000多元的收入。2016年初，夫妻俩决定修建新房，并依托旅游产业发展农家乐。唐洪轩向父亲借了4万元，妻妹秦大贵也出资21万元入股农家乐，加上4万元易地扶贫搬迁补助和一点积蓄，他修了三楼一底的新房，设置了18间客房、36个床位。2017年夏天，他的农家乐正式营业，迎来了第一批顾客。实现了月收入上万元的梦想，在年底顺利脱了贫。

在金铃乡，当年曾有近百名农家青年参加红二方面军，其中十多人走完了二万五千里长征。而今，作为革命老区之一，借着优越的旅游条件，曾经偏僻的金铃乡村呈现出一片繁华的景象。夏天，流动的云朵经常会看到，金铃乡银杏村村民余文策正在家里迎接客人，忙着结算周末的收入。

银杏村是首批国家级传统村落，因为所处地理位置海拔高，天气冷，当地居民对于木质房屋冬暖夏凉的特性相当喜爱，所以全村房屋都是木质结构。银杏村名副其实，村里银杏树很多，造册挂牌的就有90多棵。

"这里一年四季都很美，空气又好。最美的时候是秋季，金黄的银杏树林中，坐落着一排一排整齐的木屋。"余文策介绍，明朝末年，余氏家族为躲避战乱，从长江南岸现在忠县磨子土家族自治乡迁徙到这里，和前期迁徙至这里的忠县老乡彭家族人友好相处，共同开发了这片"世外桃源"，至今已有将近四百年历史。

余文策家的木屋，便是一个传统的三合院。几年前，在县住房和城乡建委的帮助下，他将三合院发展成为乡村农家乐，并取名为"老余家"，每年吸引游客8000余人，带来15万元左右的利润。

"前些年，县住建委开始带人来进行保护性整治，真的是挨家挨户地修整，才有了现在的样子。"余文策说。

2019年，经过游客和网友评选，银杏村成为石柱最有名的新景点之一。

在夏天，我们的视野跟随云朵流动百里，鸟瞰了石柱大地上的向美盛景。在这个美好的时代，大地的四季都是美好的。除了繁茂的夏天之外，无论是律动的春天，还是丰收的金秋，还是宁静的严冬，这片神奇的大地都会呈现出令人感叹的美好与感动。

我想，正是因为大地向美，云朵才会被即将到来的秋天的金黄所迷醉而降临人间，成为冬天缠绕在山腰的云雾和覆盖在山顶的积雪，会在万物静好的春天，开绽成人间的鲜花，或者融化成溪河，流淌在土家山寨的美好人间。

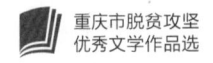

让我们静待金秋，跟随云朵去悦读大地美好的丰收场景；
让我们静待冬天，跟随雾雪去守候人间丰盛的美丽图画。
春天无比美好，你看，人人都在奔跑向前，飞舞向上！
向前，多么好！
向上，多么美！

盛世记

>他皮肤黝黑，笑容纯洁
>是石柱县有史以来
>每天
>走路走得最多
>写字写得最多
>睡得晚、起得早
>获过重庆区县报新闻奖的
>优秀农民工记者

有些人，默默无闻，沉默寡言，却自带光芒。比如石柱报社记者隆太良。

先从我与他的结识说起。

知道隆太良，是在20多年前。石柱城是座小城，当年在小城师范读书，有位同学称，最多燃完三根烟便能悠哉漫步绕旧城一圈；石柱县是个小县，人不多，即使是在诗人和记者的职业非常时尚的当年，喜欢新闻和文学的人也不多，县报和地区报上的通讯员和作者也比较固定。那些年在乡下，每天必到乡邮政所去翻阅报刊，因为当时我的水平只能在县报和《川东南报》上发表豆腐块，所以特别青睐这两张报纸。读得多了，许多人的名字自然熟悉。"隆太良"这三个字，就如此走进我的脑海，但我并不认识他。

认识隆太良，却是在几个月前。2019年12月，石柱县要给国务院扶贫办上报相关材料，我和他一起被县委办抽中，分别负责中益乡和华溪村的脱贫攻坚工作报告采写。只是这次在会议室碰头后，我俩立即分头行动，再没聚面，了解不深。

真正了解隆太良，是在2020年3月中旬。不知什么原因，我和隆太良又被县委办抽中了，去华溪村采写一个更加重要的综合材料。我们欣欣然接受了任务。其实隆太良只是临聘的县报记者，我也因为长期在宣传和组织部门伏案写作导致大脑疲惫，加上恰逢长期牙齿发炎，我又"讳疾忌医"，结果导致剧烈偏头痛，晚上痛得失眠，白天却又昏昏欲睡，根本无法胜任本职工作，便于三年前申请调回学校。

这次采写，我们花了整整两周时间，每天早出晚归，舟车劳顿，好在春天唯美，并无料峭风雨。为了解真实情况，我们决定随意走走，每遇一位村民便上前了解素材，从中挖掘捕捉合适的材料。所幸我们和县委办刘康副主任、胡璐科长一起，精诚合作，最终不辱使命，不负信任，材料上交后获得了好评。

就是这次结伴采写行动，我才真正了解了隆太良。他是一个纯粹的文人，身上闪耀着许多传统文人的光芒，比如善良、宽容、进取、朴实、勤奋、吃苦耐劳、不争不妒、乐于助人等等。特别是在采访盐井村脱贫户罗洪俸时，我更加感动，感性特质的我竟有些自惭形秽，决定见贤思齐，为罗洪俸帮一点小忙，用笔写下他，并拿出身上所有的现金给他的儿女表示一点爱心。

也是这次接触，我才简单了解了隆太良的人生行程。早已人到中年的他，本是三益乡的农民，在家时喜欢新闻和写作，经常在县报上发表新闻。后来为了挣钱，又出门到浙江桐乡打工，渐渐地，

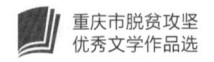

他的才华受到一家民营公司老总的赏识，被聘任为公司新闻信息宣传专职干事，且一干就是十几年。2017年，为了照顾家人，他辞去工作，返回石柱，在县报担任临聘记者。

隆太良热爱故乡石柱，也喜欢记者这个职业。在家乡报社当记者，完全可以将热爱与喜欢完美结合起来，对于隆太良来说，这就是天下最幸福的工作。于是，他挎着相机，深入到石柱大地的各个乡镇、街道采写拍摄。在脱贫攻坚战斗中，他用自己的相机拍下了许多感人的画面，采写了许多"向前跑"的人物，其中既有驻村工作队和乡镇及村（社区）扶贫干部，也有乐于助力脱贫攻坚的国营企业领导干部、民营企业家和致富带头人，更多的，却是奋力劳动、脱贫致富的普通村民。

听他讲述这些人的事迹，我也莫名喜欢上了这些助力脱贫攻坚的可爱的人。

恍然之间，我的脑海出现一片奔跑的大地，大地上，春风拂动，河流奔腾，一群奔跑的人欢笑着、疾速着、幸福着，从我的眼前涌过，放眼看去，这支奔涌的队伍前不见头，后不见尾，在他们的带动下，似乎静止的群山也在向前奔跑。

这些投身脱贫攻坚的人，事迹很普通，甚至有些大同小异，像是一张张复印式的"向前跑"。比如，脱贫干部是"告别家庭—扎根山村—发展产业"，企业家是"感恩关爱—回报社会—奉献爱心"，而普通村民则是"穷困—党的政策好—我要向前跑"。这就无形间给新闻采访写作者和文学采风写作者增加了难度，需要从不同的人的不同时间里去发现故事，去挖掘他们的闪光点。从这点来说，我觉得中长篇小说应该比中长篇报告文学好写，因为在字数篇幅比较多的情况下，虚构的光芒硕大且自由。

正由于此，我觉得，隆太良其实也算是奔跑的人。在中国石柱网上，我搜索了他的一些新闻报道，他的足迹遍布了石柱的东南西北。东边,他到过七曜山区与湖北相邻的金铃、新乐乡;南边,他到过与丰都、彭水接壤的三星、龙潭乡;西边,他到过长江南岸与忠县万州一衣带水的西沱、沿溪镇;北边,他到过与万州、湖北利川相邻的河嘴乡、临溪镇。几年来,隆太良写了起码100个形形色色的人物,有驻村干部,有私企老板,有普通村民,他用奔跑的姿态,写出了他们的爱与奔跑,写出了他们的舍弃与珍惜,写出了普通人眼中家的温暖和村庄城镇的新貌。

"三人行,必有我师。"在春天里,我学会了跟着隆太良奔跑,在石柱大地上去了解更多的奔跑者。

我的耳畔,似乎又响起了在乡村里偶遇的一位八旬退休老师的赞美:"盛世无懒人,人人在奔跑。"

——这是那个午后,那位老人坐在黄葛树下的爽朗话语。一阵微风吹来,吹出了他满嘴的笑容,吹皱了他身后排满的金色谷浪……

拄拐记

　　他家只有三个人
　　却有三个家
　　妻子在重庆工地煮饭
　　儿子在县城读书
　　他拄着双拐
　　独自住在山上老家
　　他奔跑的样子多么可爱
　　拐杖就像是一对翅膀
　　在春天里,他在感恩

在向前跑

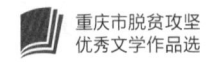

在向前飞

甚至让有时渴望懈怠的我

突然思想纯净，万分羞愧

6月的某天，在重庆东部石柱县龙潭乡龙潭村，刚下过一场暴雨，天晴了，阳光很好，被暴雨和山洪声吓得噤声的鸟儿又欢快地叫了起来。

"今天真是一个好日子。"63岁的马华德将三轮车开到公路的最高处，停了下来，取下拐杖，拄在腋下。此时他正处在这座山的中上部，往上有一百多米的上坡，往下有三百多米的下坡。他认真地想了想，摸了摸刚吃了饭有点圆的肚皮，笑了笑，决定先往山上走："刚吃了饭，往上走，有力气。等过了中午，饿着肚皮，往山下滑最好。"

他看了看山顶，拐杖不停地往上点，然后一步一步地往上跳，看起来有些艰难，却又像金庸先生笔下的某个武林高手。这是一条他曾经万分熟悉的山间小路，许多年前，他还是个健康人时，曾经无数次地从这条小路走过，他觉得当年的自己就像是一只小鸟，一下子就飞过这片森林，迈过了这段羊肠小道。只是现在的他，慢得像一只会跳跃的蜗牛，不，准确地说，他觉得自己像是一只失去翅膀的蚂蚱，双拐就是伸出去的那双硕大有力的双足，正不停地往前挪动。

他一边蹦跳式地走，一边打量路边的通花树。通花树是当地人嘴里的俗名，它不是树，只是一种高达两三米的灌木，春夏开着白色小花，非常美丽。对于马华德来说，通花树是一笔财富，是大自然专门为他这个残疾人生产的。每到秋天，马华德就上山砍下树的枝条，拖回家中，砍成两个手掌长的片段，再用木棒顶出髓部的白花，晒干后便是一种能够利尿、清湿热的中药材。

半个小时后，他终于来到了山顶，这里只有一棵通花树。他挥动砍刀，阳光从树缝里照下来，就像几只金色的黄鹂在枝头跳跃。因为坡度陡，双脚无法使力，他砍得非常吃力，速度也有些慢。但他不急，耳朵里听着鸟儿的歌声，目光里盯着飞舞的蝴蝶，时光一点点地游走，通花树枝一根根地被砍下。

一棵树砍完后，太阳已经升得好高了。他望了望高高的树顶，附近还有许多枝条无法砍下，他并不懊恼，他给自己定下的规则是，每棵树的枝条只砍三分之一。但这也让他觉得有些内疚，因为车祸右腿截肢的他，有时也和通花树同病相怜。

2001年国庆节，马华德在整修乡上老厂坪公路时受了伤。那年，他刚好44岁，正是家中的顶梁柱。面对这场人生最大的磨难，长达19年的时光，也无法冲刷掉他的记忆。他至今清晰地记得，上午9点多钟，天空是阴的，偶尔下着小雨，司机开着货车，带着他们7个村民下到山底的洗脚溪边装上条石，在车辆往山上爬的时候，由于路滑和弯道太急，司机把控不住，货车竟翻到山沟里。坐在车厢上的七个村民被倒下的石头压住，当场死去3人，轻重伤4人。马华德还算幸运，他和其余受伤的3人，被赶来的乡干部紧急送到县城医院，检查结果是重伤，其中肋骨断了7根，胰脏裂伤，左手大拇指被砸断，左右脚都受伤。经过治疗，右脚截肢，左脚小腿也差点被截掉，但经过医生的精心治疗，只是被割去好几斤腐肉。伤好后，他彻底失去了右脚，左小腿肌肉只剩下原来的1/3，必须挂上双拐才能勉力行走。

接下来的几年时间里，他确实沉沦过。他想，两个女儿都已长大，用不着他操心，剩下的日子里，就是自己好好享受余生。直到两年后，40岁的妻子唐春梅生下了小儿子，看着儿子的脸，听着儿子的第一声哭泣，他突然明白，自己应该振奋起来了。

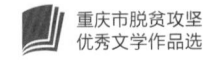

为了让儿子过上好生活,他暗暗发誓,决定告别沉沦的日子。

他开始学习劳动。第一天上坡到了地里,他发现自己很无用,好不容易拄着拐杖挖松了一点地,却被他的拐杖又压实了。他坐在地头,差点哭了起来,但倔强的他马上止住了眼泪。那是一个春天,万物蓬勃向上,田野上升腾起一股熟悉的庄稼生长的香味。突然之间,他大脑开窍,让妻子拿来一根长板凳,坐在上面,前后左右地转身挖地。而板凳下的那片无法挖到的泥土,他只好让给妻子来弥补。虽然坐着挖地并不完美,但他觉得自己总算不是个废人。

儿子一天天地长大,单靠耕地种庄稼,已无法维持全家的支出——何况受伤后的他,还必须每个月服用止痛片等常用药。他和妻子决定,将儿子送去嫁到县城的二女儿那里借读小学,妻子外出打工,他在家操持家务。妻子不放心他,不愿意出门,马华德却说:"老太婆,这几年你也看到了,我拄着拐杖,煮饭,喂猪,种地,走路,虽然慢点,还是能够自力更生的。何况我又没有高血压、心脏病之类的疾病,我一个人在家,是绝对安全的。现在我们还勉强算年轻的,有力气,如果不趁现在出去打点工挣点钱,将来儿子读大学、结婚买房子怎么办?"

2016年12月,按照国家相关政策,马华德被评议为贫困户。乡社保所干部邹薇成为他家的帮扶干部,县上部门和乡政府都对他特别关照,考虑到他家住的危房,便将他家纳入建房补助对象。2018年,他花了7万多元,在离家不远的龙潭乡场郊区修了一间一楼一底的新房。让他高兴的是,贫困户易地搬迁建房扶贫资金每人补助1万元,全家3个人共获补助3万元,县残联残疾人危房改造资金补助了1.2万元,结对帮扶龙潭乡的建行石柱支行送来职工募捐金1.9万元。"这间房子,我只花了1万多元。"马华德高兴地说。

最让他高兴的是,县残联还给他送来一辆三轮车。这让他出门劳动更加方便了,他奔跑干活的精神越来越足:"现在党的政策这么好，我不能因为自己是个残疾人就懒惰。不是我吹牛，要不是我是个残疾人，现在我家也肯定在县城买了房子。别看我60多岁了，这辈子只要还有力气，我依然要努力挣钱。说大一点，我不想给国家和政府增添麻烦，不想成为政府的累赘，说小一点，我是为了我的儿子将来生活幸福，让他以我为傲。"

而今，马华德种了近2亩蔬菜，菜地里蔬菜品种齐全，包括嫩玉米、马铃薯、辣椒、茄子、丝瓜、南瓜、豇豆、黄瓜等。之所以种这么多种类，是为了让龙潭乡场上到他家来买菜的好心人能买到称心如意的蔬菜。"如果我只种两三种，那么如果有人想吃其他蔬菜，怎么办？"马华德说。

马华德喜欢在笔上记全年的收入账：

1.种菜卖菜将近2000块钱。

2.上山采药收入4000多块钱。

3.妻子在外打工，每个月1500元左右，因为是在工地上煮饭，不一定每个月都有活做，都有收入，每年大约能打六个月的工，除去来往车费开支，每年能带回家6000多块钱。

4.全家三个人都享受了低保，每个月总共1141块钱。

在山上劳动的时候，为节约时间，他从不回家吃午饭，而是在山上吃点干粮，喝点泉水。有时，伤腿和受伤的肋骨也会疼痛，他就从口袋里掏出止痛片，直接吞下去。如果疼痛无法止住，他还会打开车上的药箱，掏出止痛针，像技术娴熟的护士一样，迅速而又果断地往肌肉里打去。

"我不敢浪费我的时间。"只有当三轮车上堆满通花树枝后，马华德才考虑开车回家。

初秋的这天，夜色降临，星月升起。对面的邻居会从窗户里看到，马华德坐在院坝里，正忙着将通花树枝里的花捅出来。

他九指齐动，配合默契，白色的通花像乡间做的"泡糖"一

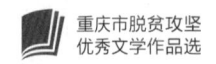

样，被他放进旁边大匾里，金字塔似的通花堆越堆越高，像极了一堆固体的月光，将他脸上的笑意映照得更加清晰、甜蜜……

一诺记

  18岁的侄女
  是大嫂带来的小女儿
  是大哥的继女
  是王天凡冉启敏的女儿
  是两个儿子
  和一个侄儿的亲姐姐
  从她的8岁到18岁
  他们将对大哥大嫂的承诺
  坚守了10年，还将完美地
  持之以恒
  他们读书不多，真的不知道
  两千多年前的秦汉之间
  那个季布一诺千金的故事
  一提起季布，他们会突然变傻

  天亮了，山间的树和鸟儿在光亮中都醒了过来。王天凡和冉启敏夫妻俩开着三轮车，赶在晨曦中出了门。昨晚看天气预报，他们知道从今天起要连晴三天，兴奋得凌晨4点就醒了。

  正是初秋，万物勤奋生长，地里的大黄正需要催肥锄草。前几天却一直下雨，夫妻俩在家闲得有些慌。将近三十亩大黄已经种了两年，前后花了10多万元，除了少部分原来的积蓄，其余都是贷的款,好在还有一年就能收获卖钱了;如果大黄减产,他们实在想不出用什么办法来偿还欠下的10多万元"巨债"。

王天凡是石柱县龙潭乡龙潭村老厂坪组脱贫户。10年前,在短短大半年内,大嫂和大哥因病先后去世,留下两个孩子,其中7岁的大女儿是大嫂从邻近的彭水苗族土家族自治县太原乡前夫家带过来的,5岁的小儿子是大嫂和大哥婚后生的。王天凡和妻子商量后,主动将两个孤儿接了过来,和自己的两个孩子一起生活。有人说他傻,因为孤儿有国家政策照顾,做叔叔的家庭也不宽裕,本可以不必出面的。王天凡却说,大嫂和大哥去世前在病床上,都曾死死地握住他和妻子的手,叮嘱他们照顾好孩子,大嫂去世前,并不担心和大哥生的小儿子,她知道王天凡一定会看在王家血脉的分上,帮忙照顾他,只是担心从前夫家带过来的女儿。"我们知道大嫂的心事,便点头同意了。大哥和大嫂虽是再婚,但感情很好,他临死前的叮嘱,我们必须答应。"为了这个承诺,王天凡开始抚养四个已经上学读书的孩子,日子越过越艰难,但他看到孩子们从学校拿回来的奖状,觉得眼前满是希望。2011年,他觉得待在老家实在过不下去了,便和妻子商量了一下,决定将孩子们交由岳母照顾,夫妻俩趁年轻,先出远门去挣钱,让孩子们将来都能有钱上大学。

这一年,他们走出了大山,路上先后换了三种交通方式。为节省路上住宿开支,他们天还没亮,就从家里徒步将近一小时,走到邻近的六塘乡漆辽场——因为这里位于黔江区、彭水县和石柱东南部最大乡镇马武镇到石柱县城的主干道,来往客车较多。他们坐上马武镇出发的第一班客车,来到石柱车站,再坐第三班客车来到重庆龙头寺火车北站,再坐硬座火车前往北京。这是他们第一次到达北京,顾不上去看北京的美丽,马上找到一个建筑工地打工。随着时间的推移,他们先后在大兴区和附近的河北省香河县待过,最远还到过秦皇岛,至今脑海里仍记得良乡和五棵松这些地铁站名。

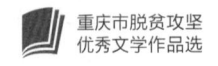

在北京和河北,虽然一天到晚地忙碌,日子有点累,但他们觉得一点也不苦,每个老板都称他们是"乐呵呵的重庆两口子"。他们很喜欢周末,每到周六的晚上,都会和孩子们电话或视频,看到孩子们懂事的笑容,听到孩子们关心的话语,他们一周积攒的不快与疲劳便消失了,重新蓄积了新的可以支撑一周务工的力量。2013年,因为家里四个孩子读书,他家被评为贫困户。

孩子们渐渐长大,年龄最大的侄女王美和侄子王子祥先后小学毕业,开始到县城读初中。王天凡决定在县城租一间房子,将儿子王灿和王籽焜送到县城读小学,由岳父和岳母到县城照顾。虽然开支增加了不少,但想到孩子们勤学听话,他们就觉得自己的付出非常值得。

直到5年前,岳母突然患上重病住院,身体残疾的岳父无法继续照顾孩子,王天凡只好和妻子一起,带着全部积蓄回到石柱县城。为了治好岳母的病,王天凡几乎花掉了全部积蓄。

出门5年,换来的居然是两手空空,怎么办?孩子们读书谁来照顾?孩子们读书都非常努力自觉,将来孩子们读大学怎么办?为了孩子们的学习,夫妻俩经过认真思考和四处考察,决定不再出门,而是带着剩下来的1万多元积蓄,回到老家发展中药材产业。

龙潭乡位于七曜山余脉老厂坪山区,大多数村组海拔在1000米以上,气候适宜,环境优美,是石柱县最优质的烤烟和中药材种植基地,太极集团和全国其他医药企业在这里设有收购点。说干就干,夫妻俩找银行和亲友借贷了10多万元,种了大黄和黄连,并饲养了两箱蜜蜂。

2020年7月7日,在邻居疑惑的目光中,一贯勤劳的王天凡和冉启敏破例锁了门,决定到城里去玩几天。早在一天前,夫妻俩就作好打算,无论产业多么忙,都要到县城去陪王美参加高考。

王美是石柱县民族中学高三学生,是大嫂改嫁大哥时从彭水县太原乡带过来的。大嫂和前夫生了两个女儿，大女儿杜彩云长大后嫁到黑龙江，夫妻俩现在在江苏常州打工，小女儿当时只有一岁，大嫂只好将她带了过来，取名王美。17年家庭的温暖，王美早已将自己当成王家的女儿，而9年的养育之情，也让王天凡将她当成亲侄女，自己的两个儿子和侄子也把她当成亲姐姐。

2020年，对于重庆市高三学生来说，是不平凡的一年，也是压力最大的一年。除了是传统考试的最后一届外，还有突如其来的新冠肺炎疫情，让学生们在家上了将近三个月的网课，直到4月下旬才开学入校；高考时间虽然推迟了一个月，但学生们在校学习时间只有两个月多一点，绝大多数学生的考试压力都比较大。为了让王美安心考试，王天凡夫妻俩决定到县城去，除了给王美煮饭，还为王美鼓劲壮胆。

考试结束后，王美决定到江苏常州的姐姐家里，和姐姐聚一聚。可是石柱县上午没有直达常州的动车，不放心的王天凡夫妻俩又于7月10日一大早，将王美送到丰都县火车站，把王美送上车后，才又坐车返回石柱，再返回龙潭乡下。

虽然养育四个孩子非常辛苦，但王天凡夫妻俩觉得很满足。大黄和黄连产业，会给他带来不菲的收入，而四个孩子的求学，也给他们带来了美好的希望："四个孩子读书都比较努力，将来肯定都能考上大学。我们现在已经成功脱贫，只要依靠党的好政策，努力发展产业挣钱，等四个孩子大学毕业后参加工作了，我们就能享受幸福的晚年了。"

在返回龙潭乡的车上，有熟悉的村民故意问他们："你们两口子也真是傻，王美跟你们一点血缘关系都没有，是事实上的孤儿，你们完全可以将她送给政府，由政府抚养。"

王天凡和冉启敏相互看了一下，笑了笑。冉启敏说："有我们在，她就不是孤儿。何况，党的政策这么好，我们不能动不动就将

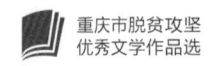

困难交给政府。而且我们已经对她的亲妈和继父作下承诺呢,要把她当成亲生女儿来抚养,我们决不能违背这个誓言。"

在王天凡看来,生活再苦再难,但在党的阳光政策的照耀下,发展产业和孩子读书,便是足够撑起他们勤劳拼搏力量的两大希望。

一诺千金,拥抱希望。这是王天凡夫妻始终微笑的根源,而党的好政策,更是给了他们微笑的动力与保障……

香米记

　　"三剑客",是人们的美誉
　　他们在田野里忙碌
　　金黄的稻穗
　　是永不褪色的勋章
　　在这里,一个白发老人
　　两个意气风发的年轻人
　　为了一个共同的脱贫目标
　　来到这片红色革命老区
　　筑起了"三星香米"的品牌

很早就听石柱报社记者隆太良说过,一个大学副教授,一个央企分厂青年厂长,一个农科专家,三个来自不同省份、原本互不相识的人,竟因为如火如荼的脱贫攻坚工作和"三星香米"结缘,组成了"三剑客"。

8月的清晨,在三星乡雷庄村网红基地"最美梯田",我见到了坊间传说中的"三剑客"。远远望去,只见一层层梯次上升的稻田里,谷穗渐渐金黄,阳光升起,即使尚在青绿中的叶穗,也染成了金黄色。但是,"三剑客"中年龄最大者的头上的白发,却在阳光下更加白得发亮,让我一眼便能通过他认出他们来。

"三剑客",其实是夏天以来,三星乡村民对支持"三星香米"发展壮大的他们的尊称。在"三剑客"中,大学副教授叫隗溟,来自西南大学,63岁,头发花白;青年厂长叫陈杰,老家广西,来自中核集团,30多岁;农科专家叫王坤春,来自山东淄博临淄农业农村事业发展中心,30多岁。他们来自天南地北,却因为脱贫攻坚来到石柱山区,又因为"三星香米"而在田间地头结缘。

作为鲁渝扶贫合作项目的科技指导员,王坤春三个月前才从山东坐车过来,"三剑客"组盟时间并不长。他到达三星乡的第一天,就跟着隗溟副教授下到村里做实验、搞宣传,并写下了下村日记。2020年春夏的石柱经常下雨,道路泥泞,长期生活在平原而不习惯山路的他,最初经常滑倒,但久摔积经验,在村民的帮助下,他终于学会了如何在泥路上稳步行走,那便是穿防滑鞋,掌握"横着走,稳步走"和"踩硬不踩软,踩石不踩泥"的行路技巧。

63岁的隗溟原先在酉阳土家族苗族自治县的田间做科研,直到2016年底才调来派驻石柱,专门推广有机水稻种植。刚到三星乡时,隗溟了解到该乡原来种植的水稻品种已有多年,每亩产量却不足500公斤,便在2017年试验种植新品种,在该乡观音村规划了一块试验田,分别种植了面积相等的10多个品种的水稻。通过试验,隗溟终于选出了适合三星乡土壤生长、产量最高的两个水稻品种,亩产量分别达到580公斤和560公斤,并在2018年春播时,全乡稻田全部换上这两个优质高产品种。

为了减少甚至杜绝农药和化肥的使用,隗溟率先试验了"稻田养鸭"模式,即把绿萍引入稻田并投放鸭苗,形成"稻护鸭、鸭吃萍和虫、萍助稻、鸭粪肥田"的稻田生态食物链,构成稻鸭萍共作、节本增效的复合生态农业体系。2019年,三星乡成功实施稻田

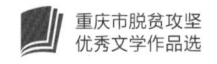

养鸭试点200亩,每亩实现增收47.4斤稻谷,每亩养育鸭子8至10只,稻田养鸭贫困户由此每亩增收近900元,"稻田养鸭、和谐共生、有机循环、一地双收、价值倍增"的发展模式深受贫困户的认可和欢迎。

"稻田养鸭",不仅提高了水稻产量,还提高了稻谷品质。中国绿色食品发展中心专家组在严格检测了"三星香米"的农药残留和稻谷生长的土壤、水质后,一致认定"三星香米"达到绿色食品A级标准,许可"三星香米"使用绿色食品标志。

而今,在三星乡,隗溟已成为水稻种植户的"主心骨",乡民一有问题就请他帮忙或打电话咨询。2019年初夏的一天午后,观音村桐洋组建卡贫困户向大贵心急如焚地找到正在农民家吃饭的隗溟,称其秧苗移栽后长势不佳,检查发现有黑根现象。听到稻农的求助,隗溟赶紧放下饭碗,顶着烈日快步赶到田头,从不同的位置拔起秧苗仔细观察后,初步"诊断"为秧苗缺少锌肥所致,建议在保持好稻田合理水位的同时,追施锌肥。

按照隗溟开出的"药方",仅一个星期时间,向大贵就发现,秧苗全部由黄逐渐返青,喜得这位年过花甲的老人连连说:"秧苗得救了!秧苗得救了!"

陈杰则是中核集团原子能公司派驻三星乡观音村挂任第一书记的年轻干部。在三星乡,他不仅跟着隗溟一起深入田间地头,还积极向集团汇报争取了帮扶资金,通过制度创新,将"输血式扶贫"转化成了"造血式扶贫",激发了专业合作社、村组、水稻种植户的动能,为做大做强"三星香米"品牌注入了"核"动力。

"三星香米"的迅猛发展,让享有美誉的它迅速走上邻近区县和主城区消费者的餐桌,深受消费者喜爱。

站在田埂上,一阵凉风吹来,金色的谷浪阵阵泛动。陪同"三剑客"在田里工作的"三星香米"专业合作社负责人之一郎顺德高兴地告诉我，目前，"三星香米"产业已经带动农户2058户，2019年户均收入近4000元，实施稻田养鸭项目的农户户均收入更是达到5600元，总产值达到1546万元，使602户贫困（脱贫）户2182人脱贫增收。

进入9月，三星香米就会开镰收割，农民丰收节也会在丰收的田野盛情举行。届时，"三剑客"一定会作为全程参与香米产业发展的嘉宾，受邀参加这一盛会……

种连记

> 在广阳坪，四季是喧闹的
> 林间是安静的
> 许多黄连，在阳光下生长
> 脱贫后的他
> 带领一群低保户
> 在这片山上
> 种出了致富的希望
> 种出了一个热心老人
> 对村民亲人般的热爱

初夏的一个下午，我前往六塘乡黄腊村黄腊组，去采访带动乡亲脱贫致富的脱贫户马德兴。

早在阳春三月，我就听说了马德兴的事迹。那是个周末，我在街上闲逛，见到我熟悉的六塘乡帮扶他的一名女干部。当时我已经准备谋划以素描多个人物的方式写作《春天向上》，出于曾经当过记者的一种习惯，我向她了解合适的采访对象。正风风火火走过的

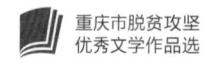

她停下脚步,转身回来,向我推荐了马德兴。原以为可以尽快安排时间下乡采访他,没想到前去采访时,已是两个月以后。

马德兴家的门关着,听邻居说,为了种好黄连,他已经把家搬迁到一个叫广阳坪的地方。我们的小车继续往前开,在一个公路边,车停了下来。我下了车,沿着上山的人行水泥便道往上走。田间地头里满是绿油油的水稻和玉米等庄稼,玉米已经开始吐蕊挂红帽,水稻即将扬穗花,布谷鸟在悠远的山间鸣唱着,让我体验到乡间的美。将近一个小时后,汗流浃背的我终于来到山顶,见到了一片浩浩荡荡的黄连棚。带路的村干部叫了一声,只见一个脸晒得有点黑的村民戴着草帽,额角上满是汗水,从不远处的棚下钻了出来。

原来他就是马德兴。春天里,马德兴度过了57岁的生日。按照土家人的称呼习惯,我称呼他为老马。老马朝着黄连棚喊叫道:"大家都做累了,先歇一会儿吧。"从棚下又钻出四五个人来,这是老马聘请的黄连种植工。

坐在旁边一棵大树的林荫中,老马告诉我,他是2014年的建卡贫困户,由于以前黄连价格低,他种的黄连卖不出好价钱,成本都收不回来,便将地里的黄连荒着,家里没了收入,更加运转困难。2015年,黄连价格渐渐升高,老马将地里成熟的黄连全部收获加工,卖了2万多元,顺利脱了贫。摘掉贫困帽后,老马干事创业的劲头更足了,一家人靠山吃山,继续靠种黄连走上了致富路。

种的黄连多了,马德兴夫妻俩忙不过来,他便想到了村里的困难群众,聘请他们作为黄连种植工,跟着他们在山上劳作。为了让大家中午能够在山上吃上可口的热饭热菜,马德兴还出资在山上黄连地旁边搭建了一个简易窝棚,让中午大家吃饭后,还能够简单地睡个午觉休息一下。

看到我们聊得正欢,原来在远处休息看热闹的一些黄连种植工逐渐走了过来。他们都是年龄大、体力弱的老人,在其他地方根本找不到工作，但是，老马却主动找到他们，邀请他们加盟参加黄连种植，努力"向前跑"。58岁的低保户杨宗梅在老马黄连基地干了3年多时间，每个月能收入2000多元，便使劲地表扬老马：

"我一大把年纪了，体力又不好，在其他地方根本又挣不来钱，马德兴看到我生活困难，主动招收我来这里务工，以前做梦都没想到每个月能挣这么多钱……"

65岁的低保户冉崇香也笑着说："马德兴脱贫不久，种黄连稍微有了规模，就请了我。我是这里工龄最长的低保户工人，到今天已经有四年多了。从他这里拿的工资，都有好几万块钱了。"

在工人们眼里，老马开的工资并不低，冬季每天工资80元，夏季白天时间长，每天工资90元，还免费提供一日三餐的生活。

在村里，脱贫后的老马并不算有钱人，但他总是喜欢帮助他人。村民马某在黄腊村已无住房，跟着儿子在县城居住，儿子本来按揭了一套商住房，不知儿子是大脑里哪股弦作怪，竟于2019年8月以36万元的价格出售给别人，要马某回老家居住。儿子在还了前期房贷15万余元后，在两个月内便将剩余的20万余元全部挥霍一空，一分钱也没剩下。不久，儿子遭遇交通事故，被旁人紧急送到石柱和涪陵区医院治疗，治愈后却无法结清出院费用。看到儿子负债累累，回到村里的马某只好暂居住在村烤烟收购点里。

得知马某的情况后，马德兴找到村支两委协商，并主动借钱给马某修建新房。在他的带动下，全村村民都踊跃捐款捐物捐力，帮助马某建起了一间新房，使老人终于有了栖身之所。

"听说今年疫情期间，马德兴还主动跑到乡上，为武汉疫区同胞捐了50块钱。"提到老马对他人的帮助，杨宗梅补充说。

听到杨宗梅的话，老马倒觉得不好意思了："哎呀，我只是表达一下我的心意，那点钱，太少了，太少了！"

山上凉风习习，鸟鸣啁啾。眼看太阳西斜，为不耽搁老马他们

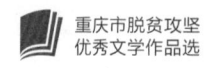

养护黄连,我赶紧告别老马,走下山来。走了几步,我回头望去,只见整个山上一片空寂,再也不见一个人影。

老马和他的工人们,想来定是又一次隐身到黄连棚下,正勤奋地忙碌着;致富的希望,就在他们的勤劳的手下美好铺开……

市场记

　　这里,每一个早晨
　　都是人声鼎沸
　　面对前所未有的疫情
　　他们给摊店老板
　　免除一半租金
　　为了莼农的收入
　　他们依然将公司基地的莼菜
　　全部收购
　　他们不停地
　　探索莼菜的销售渠道
　　这是一家县级国企
　　在特殊时期下
　　伟大而坚韧地向前奔跑

和往年相比,2020年夏天来得有点悠闲。7月中旬的一个上午,我走进黄水镇农贸市场,只见场内人声鼎沸,门口处就是"龙妹鱼行"。51岁的女老板龙中香给游客刘兵兵选了一条草鱼,称好后拍晕鱼头,剖鱼,刮鳞,斩成几段,递到刘兵兵手中。整个动作一气呵成,十分熟练,一看就知道卖了多年的鱼。

黄水镇位于石柱县东北部，平均海拔在1500米以上，是重庆著名的避暑胜地。每年夏季，便有无数外地游客前来避暑纳凉。刘兵兵告诉我，他是一名刚退休不到五年的工人，来自四川南充，三年前偶尔到黄水避暑，从此便喜欢上了这里，在这里购买了小型商品房，每年7月孙子一放暑假，便和老伴带着孙子到这里居住。

用微信支付后，刘兵兵提着鱼，和我们摆起了家常："别看你们这里是土家山区，但设施齐备，有大剧院、花园、儿童游乐场所，附近乡镇也有不少景区，特别是每天还有系列社区文化活动，比如跳摆手舞、唱山歌、打锣鼓等。还有，这里的蔬菜和鱼啊，鸡啊，都是纯天然的，很好吃。"

龙中香笑了笑，说："感谢你们对黄水的高度评价！有了你们，我们这些做生意的才能脱贫致富。"

龙中香身材中等，不胖不瘦。她说，她不是黄水镇人，来自10公里外的石家乡黄龙村毛坪组，有两个孩子。2012年，丈夫患上肝癌去世，治病欠下10多万元债务，2013年被评为贫困户。这一年，女儿刚好高中毕业，不得不放弃读大学的机会，前往云南打工，和当地一名青年恋爱后，又双双到成都打工。成为贫困户后，在政府的帮扶下，龙中香来到黄水镇，租下黄水供销社的一间门店，卖起了鱼。没有本钱，她只给供销社交了3个月的租金，还找鱼贩赊鱼，等卖了鱼再结账。

第一次杀鱼，龙中香有些害怕，但想到10多万元的债务，想到女儿辍学打工，儿子即将小学毕业，她就咬紧牙关坚持下去。剖鱼和刮鱼鳞需要刀功熟练，前几次她的手都受了伤，用布和纱条简单包扎后，又继续开始。因为怕孩子们受委屈，她一直不肯再婚，一个人守着店，不仅累，还忙不过来。好在生意旺季是在夏天，儿子放了暑假后，就会来帮忙。经过努力打拼，全家已于2019年成功脱贫，18岁的儿子冉昇没有重走姐姐辍学的老路，幸运地考上了重庆

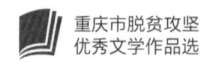

一所大学，就读轨道交通专业。

三年前，为了适应时代发展潮流，龙中香购买了一部智能手机，开始尝试用微信收账："这东西让我们做生意很方便，还可以网上转账发红包。"因为借的钱都是亲友的，他们都是普通的农民，龙中香只要存到一千块钱，就会主动先还给债主。这导致她手头非常拮据，鱼贩送鱼上门，她都是暂时赊欠，等卖了鱼后，再网上结算；一些老顾客也会在微信上提前预约，让她在某个时间将鱼杀好，等前来拿时再发红包转账。

"现在日子好多了，不仅债务快还完了，手头也没以前紧了。"龙中香说，毛坪组也在发展乡村旅游，等儿子大学毕业参加工作后，她就关掉鱼店，回家发展产业，顺便也有空到重庆去享几天清福，还有可能坐上儿子开的轻轨，看看大都市。

这是一个普通女子的理想，朴实，却又让人感动。在这个美好时代，这个理想，肯定会完全实现。

黄水供销社副经理吴栋梁告诉我，2020年受新冠肺炎疫情影响，市场内摊店生意不好，公司决定给近百户摊店减免一半租金，由原来每个月的800元减少到400元，仅此一项，公司今年就减少收入50万元以上。

受新冠肺炎疫情影响的，不仅有农贸市场内摊店的生意，还有公司经营的莼菜外销业务。莼菜是中国最古老的水中浮萍类植物，早在《诗经》中就出现过。它营养价值很高，特别是对消化道疾病有良好的预防和治疗作用。由于它对水质和水温要求极其苛刻，曾经密布在中原大地的它，先是退到江南水乡，20世纪90年代又从浙江移居到石柱。目前，石柱已跻身全国四大莼菜基地之一，莼菜已成为当地最负盛名的康养产业，产品远销日本、韩国和新加坡等地区。

进入4月中旬，随着气温的逐渐升高，黄水山区的莼菜就开始采摘，附近乡镇的上千名农民也会来到田里打工，采摘一公斤莼菜收取一定报酬。而每天下午两点,公司就会派出几辆货车,下到莼菜基地的田间地头收购,一个小时后,便运到位于枫木镇石鱼村的加工厂,进行杀青、冷冻保鲜等处理,以集装箱的方式直接运到重庆江北机场,当天晚上便能飞抵日本名古屋。

然而,受2020年疫情的影响,公司原先直飞日本的业务订单为零,所有莼菜销售业务只能在重庆市内开展。而公司在冷水镇八龙村、黄水镇万胜坝和枫木镇石鱼村、双塘村有1200亩莼菜基地,每天每亩可采摘50公斤,收购量多达6吨。

公司发展关系到上千户农民的利益,更关系到上千名采摘小工的收入,黄水供销社只能自寻出路。

十多年前,公司注册了"山之纯"莼菜商标,一般是在网上销售。为了将收购的莼菜卖出去,公司开始开拓线下销售业务,在石柱等区县范围内送货上门。

和西南大学两名教授合作,深度开发莼菜系列产品,与重庆小面公司洽谈,将莼菜加工成酸椒味、麻辣味、酸辣味等多种味道,放入小面盒中,方便消费者打开即食。同时还与县城快餐店老板联系,推出凉拌莼菜、莼菜肉片汤等莼菜系列家常菜。

即使在如此困难的情况下,公司依然不忘帮扶贫困户。在黄水农贸市场内的莼菜分拣车间,公司聘请了黄水镇10多名脱贫户上班。"一天工作下来,我们在家门口也能挣到100多块钱。"黄水社区脱贫户高华琼说。

勤劳记

　　最近几年,他不仅脚上奔跑
　　手上奔跑,还在心中奔跑

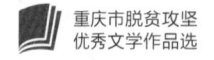

一年一个脱贫规划
一条致富的大路
就被他视力不好的眼睛
一点一点地连接起来
铺成一条
迷人的金光大道

  面前的路被茂盛的青草覆盖，远远望去，路的身材似乎就非常苗条，有些地方甚至没有路。在小时候，程财双听老人们说过，这是石柱通往湖北利川市和彭水县巴盐古道中的一条大道，许多年前，朱清武带领几百名乡亲，从这条路越过大山进入湖北，参加了贺龙、萧克领导的红军，长征过后，只有十多人成功到达陕北。

  在石柱县金铃乡华阳村，听着红军的故事长大，程财双逐渐养成了倔强向上的性格。他个子不高，一只眼睛视力不好，背有些佝偻，长得黑黑瘦瘦的，脸上却始终挂着自信和善的微笑。妻子谭明琼生来就有语言障碍，便不爱说话，但她一副看似弱不禁风的身体内，却有一般男子没有的坚强情怀。

  在夏天，我们通过程财双的讲述，知道了夫妻俩没有语言的勤劳脱贫历程。

  20世纪90年代初，程财双和谭明琼恋爱结婚，在家里种点玉米、土豆等农作物，再养两三头猪，小日子过得平平淡淡。随着两个儿子的先后出生，夫妻俩渐渐觉得难以支撑。看着一年年渐渐长大的儿子，程财双决定跟着村里的乡亲出门打工。他向妻子说了自己的想法，谭明琼却急得满脸通红，连连摇头，指了指他的眼睛，又使劲地摇了摇头。

  2015年，为了供孩子读书，谭明琼开始离家外出务工，只留下视力不好的程财双在家照顾孩子。因为言语障碍，谭明琼在外多次找不到工作，一个弱女子，最后只能到工地上去下苦力、干重活，常常在深夜因劳累而暗暗流泪。但是，想到家里的儿子和丈夫，她都咬紧牙关坚持了下来。

2016年，华阳村了解情况后，将他们家纳入建卡贫困户。烤烟种植大户、村委副主任程波担任了帮扶干部，主动上门帮助他们选择适合发展的烤烟产业，且承诺负责传授技术。可作为残疾人，认为自己劳动力不足的夫妻俩始终心怀忐忑，既担心自己技术不好，又觉得烤烟投入大，总害怕遭遇自然灾害和引发病虫害导致血本无归。

一次不行，程波和驻村干部就前去动员第二次，并告诉他们，现在政策好，种烟风险很小。程财双心动了，决定振作精神尝试一下。他让妻子辞去工地上的工作，回家一同发展烤烟生产。在程波的帮扶下，夫妻俩早出晚归、不辞辛劳，当年便种植烤烟40亩，实现年收入12万元，一下子就实现了脱贫。

第一次甩开胳膊干，就取得这么好的收入。夫妻俩对致富充满了信心。第二年，夫妻俩又种植玉米50亩，享受了产业大户补助1万元。同时，他们还利用老家良好的生态环境和宽阔的场地，养了15头肉牛、20余头生猪和100余只鸡。

这次命运给了他一次小考验。按照程财双的打算，这些玉米和牲畜，可以为他带来收入10多万元。可是到了夏天，他饲养的鸡却不明不白死亡。难道真的创业要失败？他和妻子不由得痛哭失声。乡畜牧站的技术人员得到消息后，趁着月色，连夜来到他家中，进行防疫和技术指导，最终控制住了疫情，剩下的鸡又活蹦乱跳起来。

夫妻俩第一次知道了技术的重要性。从此，程财双只要一有空，便前往村委图书室借阅种养技术书籍，还积极向当地种养大户请教。经过大半年的努力，程财双成为华阳村有名的技术能手，种

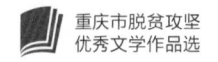

养收入也大幅增加。

幸福的日子，像春天的阳光一样，开始接踵而来。不久，得知从华阳村经过的351国道即将动工修建，村干部上门动员他们一家易地搬迁。程财双决定搬迁到村委会驻地香树组，但谭明琼却表示反对。她认为老家条件很好，发展种养产业的收入十分可观，因为耕地搬不走，所以搬到村委会旁边去住很不现实。

程财双却有自己的打算，他对妻子说："现在公路修得好，将来我们可以坐着摩托车回来种庄稼，看似有点远，其实从香树组骑到山上，花的时间倒比在老家走路上山少，一点也不影响劳动。何况，香树组在国道边，将来我们还可以开个小卖部，坐着也能赚钱呢。"

他成功地说服了妻子。2017年11月，程财双修好了易地扶贫搬迁的房屋，全家享受到了4万元的政策资助，喜气洋洋搬进了新家。

按照程财双心中的"规划"，搬到新居不是去享福的，是为了开办小卖部。2018年，夫妻俩抓住351国道开工建设的商机，申请扶贫小额贴息贷款5万元，在新居里开起了小超市。在小超市经营中，谭明琼凭借勤劳务实的美德，还被国道施工项目部食堂聘为炊事员。

看到挣钱的机会越来越多，程财双精神十足，时常一个人两边跑，白天在老家山上饲养生猪、鸡和蜜蜂，晚上就回到新家帮助妻子干家务活，经营小卖部，小日子过得其乐融融。但他并不满足，看到村里公路、民居建设力度加大，他又拿出积蓄，买了一匹骡子驮运建筑材料。

赶骡子驮运是一件苦力活，除了起早摸黑，冬天的山间云雾缭绕，光线不好，这给视力残疾的程财双带来许多不必要的麻烦。在驮运货物时，因为看不清路，他经常摔跤，有时甚至损耗了一些货物，不但没赚到钱，还倒赔。这让他十分沮丧，县残联知道后，专门给他送来了助视器，让他从此在赶骡子时，能够放心走路。

　　这一年底，夫妻俩关门盘算了一年的收入，纯利润竟然在10多万元。这让夫妻俩兴奋了大半个晚上，第二天早上起来，两个人脸上都信心百倍，全身都是朝着致富努力向前跑的力量。

　　351国道即将建成通车。程财双又提前开始了谋划，那就是投资将新居改造成为农家乐："我们金铃乡不仅有红色革命老区资源，还有许多美丽的风景名胜，气候适宜，美食也多，是石柱县旅游热点之一。等国道通车后，从石柱县城到华阳村我家新居，车程不到一个小时，相信到金铃来旅游避暑的人会越来越多。"

　　站在新居前，望着门前已经铺好路基的宽阔国道，程财双朝着妻子做了一个胜利的手势。

　　阳光下，对美好未来，他充满了巨大的信心。

云上记

　　　　他喜欢在云上劳动
　　　　喜欢在劳动时
　　　　想一想孙子的大红奖状
　　　　这时，他不觉得自己年老
　　　　黄连开出了像云朵一般的花
　　　　莼菜在水里
　　　　纠缠着天空倒映的白云
　　　　有时，他看着这些
　　　　不断扩大的产业
　　　　突然觉得自己
　　　　就像天上的神仙

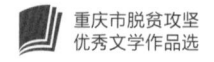

有一双点石成金的妙手

夏日午后的黄水高原，碧空微云，气候凉爽。老范在黄连棚下弯腰蹲下，正忙着给家里的几亩黄连锄草、施肥。星星点点的阳光穿越黄连棚架，照在他的身上，几缕汗水在前胸和后背上如蚯蚓一般流淌。

他直起身来，看了看山下，只见一束微小的白云像古画中一条未被笔墨完全点染的鱼，正在山腰游动。山下，有他家的莼菜田，此时，他的老伴正带着几位民工，正在田里忙着采摘莼菜。

老范叫范昌堂，是枫木镇双塘村大塘组人。将近70岁的他出身党员家庭，除了患有高血压外，身体康健，说话声音大，走路风风火火；比他小两岁的老伴患有骨质增生和颈椎炎。他有一个不争气的儿子，也有两个很争气的孙子。

2011年，儿子与儿媳妇离婚后，便外出务工一直未归，几年来一直音讯俱无。儿子出走前，大孙子只有4岁，小孙子才刚满2岁，年迈的老范只好和老伴一起，抚养和照顾两个年幼的孙子。随着孙子的渐渐长大，两个孩子的读书渐渐摆上议事日程。为了发展产业挣钱供孙子读书，老范决定和老伴一起甩开手臂，鼓足干劲使劲向前跑。

大孙子上学后，学习成绩非常好，经常从学校里拿回各种各样的奖状，这让老范经常乐得合不拢嘴，浑身充满了干事创业的力气。

2016年6月，组长马世明找到老范，告诉他一个消息："考虑到你的儿子出走没有音讯，两个孙子又要读书，经群众提议，村里同意你家为建卡贫困户。明天上午，你就到村上去填写一张贫困表。"

老范听了，却很不高兴："我家并不贫困。我和老伴虽然年纪大了，但身体还好，两个孙子也很听话。"

马组长早就料到老范会拒绝，便耐心地说："这是党和政府开展精准识别贫困户时，详细了解了你家两个孙子读书的情况，加上你们两口子用药看病的情况以及你们家的收入，综合考虑后确定的。"

听到这里，老范不再坚持了。第二天，他来到村委会，极不情愿地填了表，成了贫困户。填写完了，他找到村支部书记和村委主任，郑重地说："我知道我家能评为贫困户，是党和政府对我们这些困难的老年人的帮助与关心。我虽然不是党员，但我父亲是一名老党员，我向你们表个态，我一定要努力发展产业，多挣钱多存钱，争取早点脱贫。"

说干就干。老范回到家里，和老伴商量了大半个晚上，然后决定，马上将黄连种植面积增加到2亩，并种植莼菜1.5亩，种植玉米和洋芋有3亩，饲养一头大肥猪。他开始起早摸黑地下地干活，常常凌晨三四点就戴上头灯，出门种庄稼或上山种黄连，晚上则在天黑两个小时后才收工回家。天道酬勤！当年，凭借出售黄连和莼菜，老范就实现收入将近3万元，成功脱贫。

这年年底，在精准扶贫工作再次展开大排查时，因为老范家有两个小孩读书，村民再一次提议将他家纳入低保贫困户口。老范听说后，毅然拒绝："纳入贫困户后，两个孙子上学已享受到国家教育扶贫资助政策，我现在的收入已达到稳定脱贫标准，就把这个低保指标给其他的困难家庭吧。"

2018年，老范将黄连在地面积扩大到10亩，按当年市场价格，全部收获后可收入大约35万元。当年7月，努力向前跑的老范被石柱县委、县政府授予"脱贫致富奋进奖"荣誉称号。

而今，老范13岁的大孙子已在县城中学读初中，11岁的小孙子也即将从枫木镇小学毕业。在老范的言传身教下，两个孩子成绩优异，热爱劳动，待人礼貌。"两个孙子是我最大的精神财富，我一

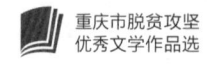

定要在有生之年，将两个孙子送上大学，让他们像驻村干部一样，做一个乐于助人，有益于社会的人……"老范激动地说。

在云上种植黄连和莼菜，在云上的山区向前奔跑，老范是幸福的，也是开心的……

父女记

  2019年的秋天
  并发症像枝上开花
  岔路再分岔，残酷袭击了
  小他12岁的妻子
  从下地劳动后的简单腰痛
  到住进县城医院
  再转到重庆医院重症室
  到查出整整十种疾病
  只花了短短九天时间
  让他一度万分害怕
  所幸"看病有保障"
  妻子最终脱离危险
  作为朴实的乡下人
  在本命年
  他们手握着手，在阳光的照耀下
  通过了这场严峻的考验

秋天午后的重庆，地面依然有些热。李兴元背着塞满了的挎包，扶着妻子秦廷会走出重庆医科大学附属第二医院，他的额头上满是汗水，短袖衬衫前后都湿了，可秦廷会却觉得温度刚刚好，一点汗水也不出。

这是2019年9月的一天。60岁的李兴元是万安街道宝坪村中坪组脱贫户，因为家庭贫困，直到30多岁才娶了小12岁的妻子，第二年便生下了独生女儿李秦。女儿出生后，李兴元曾到河北去打工，夫妻俩努力供女儿读了高中。高中毕业后，女儿和同学相约到重庆读了卫校护理专业，2016年毕业后在石柱县城友谊诊所（现为陈红伟牙科）工作。

为了供女儿读书，李兴元家花光了所有积蓄，还找亲友借了上万元，被评为贫困户。女儿参加工作后，李兴元回到家里，开始种西瓜和蔬菜到县城出售，最终还清了债务，成功实现了脱贫。

眼看一家人即将过上幸福生活，可巨大的磨难却随之而来。2019年7月，李兴元到县城卖了西瓜回家，发现妻子躺在床上，直呼腰痛，他以为是妻子上坡劳动劳累了，便打来热水，用毛巾浸湿后热敷。刚开始还有点效果，可没过几分钟，妻子又叫起痛来。渐渐地，妻子直不起腰来，李兴元赶紧给女儿李秦打电话。李秦听后，又赶紧向诊所老板请假，连夜租了一辆车，回家将母亲送到县医院，被确诊为糖尿病并发症，病症多达七八种，其中的肾周脓肿，正是腰部巨痛的主要原因。

由于病情复杂，秦廷会很快陷入了昏迷中，县医院医生建议立即送到重庆主城医院抢救。李兴元和女儿一道，又将秦廷会送到重庆医科大学附属第二医院，经诊所老板电话联系在该院上班的同学，医院很快安排病人入院。经过细心全面的检查，最终确诊并发症多达10种，包括肾周脓肿、肾积脓、重症肺炎、脓毒血症、急性呼吸窘迫综合征等。

在医生的紧急抢救下，经过一个多月的精心治疗，秦廷会的病情得到了有效控制，并出了院。这次住院治疗，总共花去4万多元，

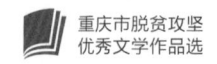

好在"三保障"政策惠顾，在医保中心报销了90%的费用，自己只出了10%即4000多元。

妻子出院后，不能再从事劳动强度较大的劳动，李兴元便让她安心在家休息，又花了两千多元，购买了一辆货用三轮车，自己一个人种西瓜、摘西瓜，并骑着三轮车将西瓜运到县城出售。以前在河北打工时，李兴元曾经在工地上跌倒过，摔伤了腰部，随着年龄的增长，每遇到阴雨天气，腰部也隐约作痛，身体状况也每况愈下。2020年7月，他腰痛得直不起腰来，便到医院检查，发现是结石，手术后，考虑到家里的西瓜无人采摘出售，他只休息了四天，便着急地下地将西瓜运到县城。

除了种西瓜，李兴元还种了辣椒、芋头、洋芋、番茄和茄子等蔬菜。"现在政策好，什么都好，我们只要努力一点，就能幸福地生活。"李兴元说。让他欣慰的是，女儿李秦在医院上班，平日里积极向上，在诊所老板的推荐下，她参加了河北石家庄一家医学专科口腔专业的函授学习。

2020年8月10日下午，李秦告诉我，她希望通过自己的努力拿到专科毕业证，然后参加口腔助理医师的考试，将来能够多挣一点工资，好好孝敬父母，让父母幸福地安享晚年。

"我们老板非常鼓励支持我们参加进修学习，和我一起学习的，起码还有四五个护士。"每隔一段时间，李秦便会从石柱县站坐动车出发，前往河北面授。便捷的铁路交通，让她能够早上早点去，晚上赶回来，至少可以节约一个晚上的住宿费用。

"我是护士，工资并不很高，只有3000多元。除了生活开支，我几乎把所有的收入都用在继续教育和充电学习上，也根本没有时间去谈恋爱。"李秦说，"但我觉得这种付出和向前跑是值得的。"

说这话的时候，25岁的她神采飞扬，意气风发，似乎觉得所有的努力和吃苦都是一种难得的人生锻炼……

终 篇

从巴山渝水到神州大地

这是个伟大的时代。每一个人既是受益者，也是诗人，在用眼观赏，用心灵歌唱。

从东边的乌苏里江到西边的帕米尔高原，从北边的漠河小镇到南边的天涯海角，在960万平方公里的大地上，一度贫穷的中国乡村，无处不涌现出欣欣向荣、动人唯美的脱贫攻坚画面。

这是个美好的时代。每一个人既是画中人，也是作家，在用情拍摄，用语言记录。

从2012年到2020年，在党的十八大以来的8年时光中，神州大地无处不呈现出经济发展、设施完备的乡村振兴景象。

从空中鸟瞰人群涌动的大地，再怎么苛刻的目光，也会为这个美好时代的蒸蒸日上而动容起敬；

从远处凝望轻盈奔跑的人们，再怎么笨拙的语言，也会为这个抒情时代的流光溢彩而感动赞美。

大地美好，只因它在优雅而又积极地舞动。

大地舞动，只因阳光总是贴近人心的温暖。

深入到大地深处，阳光迷人，人间温暖，时光美好。

所有的人脸上洋溢着明媚的微笑，脚步像插上雄劲的翅膀，在阳光下，在碧空下，不停地向上攀升，向前奔跑……

让我们铭记这个伟大时代，感恩这个美好时代！

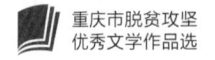

孝悌记

夕阳下，霞光中，长江和磨刀溪的水面一片金光，将岸边的人脸照得喜庆透红。重庆市云阳县新津乡新津村脱贫户向智华和妻子陈小梅一起，正忙着将山上的山羊赶回家。

磨刀溪是江南的一级长江支流，它发源于石柱县境内与湖北省利川市相邻的七曜山区。如果你是夏季经常到避暑天堂黄水去旅游的游客，一定会知道枫木镇境内著名的油草河漂流。油草河穿越群山峻岭，一直往东北方向流去，在湖北利川县谋道镇境内获得了新的芳名，这便是磨刀溪。而谋道镇，正是因为"磨刀"而被雅士所取的名字。

从湖北利川，再流经万州区，最终，磨刀溪在云阳县新津乡新津村汇入长江，结束了183公里的旅程。

40多岁的向智华原来是长江边的渔民，为保护三峡库区生态环境，他上岸成为普通农民。他有两个儿子，大儿子在云阳县城的职教中心学习技术，小儿子则在新津乡小学读书。本来，向智华和妻子都身强力壮，没有疾病，应该是"标配"的农村正常家庭，不会成为贫困户的。可是，他们家还是有点特殊，因为他家共有六口人，增添的两个人，一个是向智华70多岁、体弱多病的老母亲，一个则是因残疾而未婚的向智华亲弟弟向智学。

作为远近闻名的大孝子，向智华对母亲十分孝顺，妻子陈小梅也把婆婆当成亲妈赡养。尽孝是美德，可夫妻却还要赡养残疾人弟弟，这可就让乡亲们有些不解了。有人便劝陈小梅："干脆将你弟弟分家分出去。你们也不用担心，反正现在国家政策好，也会照顾他这种残疾人的。"

陈小梅却说:"他是我老公的亲弟弟,没有结婚,也没有生活自主能力,我们不赡养他,难道真的推给国家和政府?现在国家政策这么好,我们不能给国家增添麻烦。"

"嗯,这样尽管贫穷点,尽管压力大。"向智华欣慰地说,"但大家在一起,才是真的家。"

她认这个理,说:"这个家,必须维持着。有我们的,就有老母亲的,就有兄弟的。有我们的一份饭吃,就不能让兄弟挨饿。"

他们一家,由此在新津乡出了名。他们家不仅是集"老、弱、病、残、小"的大家庭,更是一个充满了"爱"的家庭。然而,向智华舍弃渔民上岸成为农民后,却因为缺乏门路、劳动力下降、母亲和弟弟生病就医、孩子读书开销增大等原因,经常出现入不敷出的情况,他家的经济状况每况愈下。

2015年,村民们感动于向智华的孝悌有加,看到了他家的实际困难,集体投票通过,使他们家成为新增贫困户。在帮扶干部老朱的具体帮扶下,他家开始因人因地制宜规划产业,并享受了各项扶贫政策,决定贷款重点发展养殖产业。

"如今党的政策好,只要努力向前跑,致富挣钱少不了。"向智华在磨刀溪岸边山上养了二十来只山羊和3头黄牛,还在屋后扩修了猪圈,养了10多头架子猪和小猪仔,不久就圆满实现了脱贫。

脱贫之后,一家人并没松懈止步。在夫妻俩的带动下,全家人都争先恐后向前跑。古稀之年的母亲不顾自己体弱多病,在房前屋后喂养了五十来只土鸡。二级残疾的弟弟,自然也不甘"吃闲饭",不愿意拖全家后腿,开始变得积极开朗起来,尽管行动不太利索,但是在天气好的时候,仍主动承担了放牧牛、羊的任务。大儿子努力学着技术,准备学成后就到县城上班;小儿子则努力学习,准备考到县城中学读书。

夜幕降临,牛羊归栏,向智华和陈小梅拿着手电,对家里的养

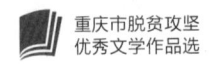

殖产业进行了"盘点"。听到猪们吃饱喝足后,在圈里发出轻微的鼾声,鸡在舍里不时发出"咕咕咯咯"的低鸣,伴着夏夜窗外蟋蟀、青蛙的歌唱,他们觉得夜色很美,致富奔小康的未来已经不远……

进村记

2020年8月15日午夜,我修改完《春天向上》的两个篇章,准备上床休息。我看了看窗外,只见对面公路桥上车来车往,不少的人还在暑热中忙碌奔波,或者享受徐徐而来的凉爽夜风。

按照习惯,我打开微信朋友圈翻了一翻,当看到重庆日报记者彭瑜写在"记者进村"微信公众号上的文章《致敬!那个烧开水的男孩》时,我和他一样,突然被里面写到的两个普通人物所深深感动了。彭瑜是我十年前在石柱报社当记者认识的朋友,从忠县一个乡镇调到忠州报社,然后再到《重庆晚报》《重庆日报》,最终成为《重庆日报》颇有名气的记者。我和他虽然见面不多,但他是忠县人,离我的老家沿溪镇(原坡口乡)相隔不远,我们两人颇有些投缘。

我在微信上向他发了一个问候表情。没想到,仅仅半分钟,他就回复了。原来在渝北区家中的他和我一样,在赶写一个新闻稿件,刚写完几分钟,全力开动的大脑却停不下来,依然有些兴奋,正在翻阅网购的一本新书。

征得他同意后,我悄悄躲进厕所,关上门,打了他的手机。他很快便接了,听得我的来意后,便低声讲起了这两个普通人物的事迹。两个相隔200多公里的中年大男人,便在这个安静的夏日午夜,煲上了长达半个小时的电话粥。

3 天前，也就是 8 月 12 日下午，彭瑜前往秦巴山区采访，因为路上滑坡有落石，公路不通，一行人便在当地干部的带领下，步行十余里去看望一家脱贫户。

走了将近两个小时，他们来到峡谷深处的一个村庄。在院子里，他们就听到一个小女孩的哭声，推开门，只见一个两三岁的小女孩坐在地上，一脸的泪水，见到陌生人进屋，她的哭声更大了。这时，屋内走出一位抱着婴儿的妇女，身后跟着一个黝黑的小男孩。看见家里来了一群人，妇女和小男孩都深感意外。好在带路前来的驻村第一书记谭书记和她认识："我们来看看你和孩子。"见到谭书记，妇女连声让座。

谭书记私下告诉彭瑜，妇女身后紧随的小男孩，本来是老二。前年，13 岁的哥哥患病去世，当时仅 7 岁的他便成了老大。地上哭的小女孩是老二；妇女臂弯的婴儿是老三，刚出生不到半年。去年底，这个妇女的老公触犯法律，要服刑 11 个月。因为家里还有一个重病卧床的公公，所以老三刚出生时，这个妇女曾经一度有过把孩子送人的打算。谭书记获知后，与妻子一商量，每月自掏腰包 1000 元帮助这妇女一家。

在大人们的攀谈中，谁也没有注意到小男孩什么时候消失了。几分钟后，他双手小心翼翼地端着一杯水送到客人们跟前。接过杯子，彭瑜赶紧起身，跟着小男孩进了厨房。只见灶台上摆着好几个杯子，他右手提起茶壶，踮起脚尖，左手努力把茶壶嘴往下摁。

顿时，彭瑜的眼泪流了下来，眼睛模糊了。小男孩一手端着一个杯子，来回跑了好几趟，才把开水送到所有客人的手里。最后，他还没忘给妈妈也送上一杯开水。

彭瑜转过头去，看了看身后的墙壁，上面竟然全是小男孩的奖状，有进步之星、爱学习宝贝、一等奖、最佳拼搏奖、三好宝贝等。看得出来，他是努力的，是优秀的。听说，因为生活太艰难，

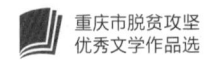

他的妈妈曾经说过要离开这个家。妈妈的话,把小男孩着实吓得不轻,以至于几天不去上学,天天守着妈妈。听到这事,谭书记赶紧上门做工作。妇女却笑着说,只是小孩调皮时,吓唬吓唬而已,这么乖的孩子,再难她也要坚持。

其实,我们即使活到中年,都可能没有深刻理解到孩子对父母的爱是多么炽烈真诚。彭瑜说,很多时候,生活的艰难有了让我们退却、放弃的念头,但是因为我们当了父母,因为孩子的乖巧、优秀,总是能让我们增添咬牙坚持下去的勇气和力量;孩子是父母的牵挂,也是家庭的希望,更是再苦再累也要坚持下去的唯一理由。

彭瑜还记得许多年前的一个晚上,他从外地采访回来,在江北区嘉陵江边的石马河坐上出租车返回渝北区的家中。司机是一位大姐,在交谈中,她告诉彭瑜,她来自三峡库区的一个县城,和丈夫一起打拼,企业不断做大做强,曾经拥有上千万元的资产,后来因为经营不善,生意亏了,还有300万元欠款,当时,夫妻俩连死的心都有了。可是看到三个儿子,她和丈夫又坚强了起来,除了老大在上大学外,丈夫带着读中学的老二留在小城,她带着读小学的老三来到重庆主城,开起了出租车。

每天早上,大姐4点就要起床,为儿子做好早饭才出门。原本在早上7点,她就会打电话叫儿子起床。时间久了,小家伙自己学会了设置闹钟,按时起床、洗脸和吃饭,然后打电话报告:"妈妈,我上学去了。"晚上回家,儿子已把晚饭做好等她回来。10岁的孩子厨艺自然不太好,但收班回家能吃上儿子煮的热饭菜,大姐真的很暖心。

更暖心的是,儿子不仅会煮饭,还会安慰劝慰她。有一天,大姐累了一天,只跑了180元钱,心情有些郁闷。回到家,孩子知道后,却开心地安慰她:"妈妈,180块钱已经不错了。假如用来买米,够我们两个吃一个月了。即使再买几斤肉,也能至少管一周呢。"儿子的话，让她心情大好："生活再难，三个儿子就是我坚持下去的理由。"

在彭瑜看来，秦巴山区的9岁小男孩是努力向上的，几年前遇到的出租车司机大姐和她的家人，也是积极向上的。而让他们坚持下去的理由，除了孩子对父母深切的爱，也有父母对孩子深切的爱，就像法国作家大仲马在《基督山伯爵》里所写的那样："人类最大的智慧，就是等待和希望。"

我想，爱与希望，应该是人类最美好的字符，是鼓励人类积极向上的灵丹妙药。在我遇到的所有努力向前奔跑的普通群众中，他们有老人，有残疾人，生活再困难，即使像大山像洪水，也无法压住和淹没他们对家中孩子的深爱。他们的努力奔跑和勤劳致富，除了党的政策好，还有他们对孩子未来长大成年后所寄予的厚望。

彭瑜说，在那天前往峡谷去看烧开水的小男孩一家的路上，他还遇到恩恩爱爱的一家三口人，年轻的丈夫扛着最重的口袋，提着唯一的行李箱，正带着通过网恋结婚的妻子和三岁的儿子走路回家。年轻的妻子只负责牵着儿子，丈夫却扛起了全部行李，就像扛起生活的所有重负一样。

彭瑜用相机拍下了幸福的一家三口。面对镜头，丈夫尽管满头大汗、气喘吁吁，脸上却自豪地笑着，而妻子笑得更是幸福甜蜜，只有三岁的儿子，先是一脸懵懂地站在那里，几秒钟后，在父母的感染下，他也天真地笑了……

状元记

2020年5月初的一个黄昏，暮色从四面合围而来，陈家秀站在自己家的养猪场前，看着正在动工扩建的大型养猪场，脸上笑开

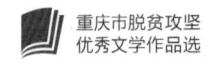

了花。

陈家秀刚满48岁，是重庆市潼南区塘坝镇觉山村脱贫户。她是一个勤快利索的人，但由于没有支柱产业，虽然常年在地里忙活，但依然家里穷困，这让她觉得很不甘心："现在政策这么好，我不干出一点事业来，真是没面子！"2016年10月，为早日脱贫，她借款20万元，在屋后空地建起了一个养猪场，养了10头母猪、7头肥猪，当年仅靠卖猪崽，就实现收入6万多元，尝到了养猪赚钱的甜头。

初战告捷。第二年，她没有将收入的钱存起来，而是继续扩大养殖规模，修猪圈，买饲料，又养了10头母猪和45头肥猪，收入突飞猛进，增加到了15万元，顺利实现了脱贫。

陈家秀咬定养猪这个产业，养殖规模逐年增加，到了2019年，她养殖的肥猪达到80多头，成为潼南区有名的"养猪状元"，还被评为重庆市"脱贫攻坚奖先进个人"。

但是，就在这一年夏天，一场突如其来的猪瘟让她的产业大受打击。听到有2只猪崽感染病毒后，她心里万分纠结，但很快便下了决心，含着热泪配合防疫工作人员，主动埋掉了140头活蹦乱跳的架子猪，经济损失高达30万元。

看到陈家秀养猪受了损失，政府给她发了近10万元补贴，保险部门也前来了解情况，按规定理赔了2万多元。尽管仍有近20万元的损失，但拿着政府补贴和保险理赔，她的心里觉得好受了一些。

养了3年猪，没想到一场猪瘟，便让她又一贫如洗。村里的乡亲们都说，这次失败，会让陈家秀放弃养猪产业。谁也没有想到，仅仅过了半年时间，村里传来消息，陈家秀又要扩大养猪规模了。

这次，她给自己定的目标，竟然是饲养500头肥猪。

这个目标是陈家秀在2020年春节期间想出来的。面对来势凶猛的新冠肺炎疫情，她一边宅家抗疫，一边召开家庭会，谋划起了贷款70万元、饲养500头猪的崭新蓝图。

在福建做木工的丈夫自然不同意:"借款70万元?俗话说,吃一堑长一智,养猪这个行业风险太大了,万一再次受灾,家里就会血本无归。所以,我觉得养猪不如打工挣钱稳当。我在外面做木工,月月拿的是现钱,一点风险都没有啊!"

陈家秀却说:"我知道养猪肯定有风险。但有政府强力支持,即便有风险也能挺过。何况幸福生活是奋斗出来的。怕担风险什么事情都办不成。"

她耐心做起了丈夫的思想工作:"前些年我养猪赚了多少钱,你们心里都有数。而你们挣那两个钱,除了生活费、车费、旅馆费,还能剩下几个呢?更不要说照顾家里了。还有最关键的问题,你们没有看到养猪赚钱这个商机。现在市场上的猪肉都卖到三十来块钱一斤了,你说一头猪要赚多少钱呢?我们必须当机立断,大起胆子干一把,抓住这个机会来养猪啊!"

丈夫不说话了,在重庆跑快递的儿子郑佑清却表达了自己的观点:"养猪挣钱来得慢,没有十来个月看不到效益。而我跑快递,每月至少要挣两三千块钱。"

因此,郑佑清决定疫情一过,还是再回重庆送快递。

陈家秀听到这里,摇了摇头,说:"你们说的也有一定道理。但是,如果我也跟着你们出门打工,两边的大人都老了,谁来照顾呢?干脆这样吧,你们出去打拼,我在家里打拼。我们来个大PK,看看哪个挣钱多。"

丈夫和儿子见劝不住陈家秀,便退而求其次:"养猪我们不反对,但用不着养500头猪吧。要养这么多,还得扩建养猪场,到时万一有个闪失,养得越多,就亏得越多。我们看,不如还是将就原来的猪圈数,养个百把头肥猪,一年能挣十几二十万元,就比我们挣的钱多。"

可陈家秀有自己的想法："现在的猪场是按传统养猪修的，面积太小，养的猪自然不多。我准备修个大型的现代化养猪场，采用现代最新的养猪技术，除了养猪节省劳力和成本，每天还可以定时杀毒消毒、检疫防疫，力保不出现半点闪失。"

丈夫和儿子看了看她，终于点头同意了。陈家秀早年学过兽医，给猪打针、治病、消毒、防疫，她样样精通。

说干就干。陈家秀来到潼南区农业农村委，递交了贷款70万元发展生猪的申请。她又回到村里，找准备外出务工的乡亲商量，以每亩200元的租金流转了100亩土地，种植红苕、包谷、青菜之类的用作猪饲料。

不到两个月时间，陈家秀的贷款申请和用地申请都批准下来了。"这是政府对我们脱贫户的大力支持！"陈家秀暗暗下了决心，一定要取得成功，用实际成果来回报党和政府的关心与帮助。

她立即请了一个施工队进场修建，还聘请留在村里的乡亲们打工。她每天都起早贪黑，带领并组织工人挖基础、拉材料、安水管，加班加点地施工，最终在6月初圆满竣工，经过消毒杀菌后，养猪场正式投入使用。

"养猪的饲料我不发愁。为了保证饲料不缺，除了种的百亩地，我还在东北一家饲料公司订购了玉米，他们送货上门，保证供应。"陈家秀说。

500头的养殖规模，几乎相当于陈家秀过去养的所有猪的总和。在接下来的日子里，陈家秀肯定会很累很苦。

但陈家秀不怕累，更不怕苦。她不仅是一个勤劳的人，还是一个有大爱的人。在养猪过程中，她确实一个人忙不过来，已打算聘请几名乡亲长期在养猪场上班……

后记

用文字拍摄画面是件艰难的事

经过三个多月断断续续的写作，我终于艰难完成了这部十余万字的小长篇拙作。写作，虽然是文字之间的组织与舞蹈，但和农民种收庄稼、孕妇怀孕分娩是一样的，都需要漫长的时间、特异的潜质，以及最后时刻的劳累与痛苦；作为一名从江南乡下走出的孩子，我明白农民最苦最累的时间便是四五月的"双抢"，既要抢收麦子、油菜和蚕豆，又要犁田、扯秧、背秧和抢种水稻，而一名女子在分娩时的痛苦，也是难以言表的。

1

其实，近半年来，我一直保存着这个美好的写作愿望与计划。

2020年3月中旬，一个希望正不断升起的春天。中午时分，阳光很好。我站在石柱县中益乡金溪沟边的初心广场上，仰望对面的缺门山，只见天上碧空若洗，地上绿意盎然，它们在山顶与天的连接处友好碰撞；恍惚之间，我仿佛看到两股神奇的力量在互相移动，天上的白

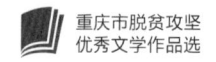

云彩霞在阳光的带领下不断下沉，飘飞成地上的鲜花锦簇，让人间更加美丽，而地上的鲜花锦簇在春风的引领下，也努力向上攀爬，跃升为天上的白云彩霞……幸福的生活就在眼前如此美满铺开。

那一瞬间，我有些痴了，沉醉在这美好的环境中。我的心中有一种巨大的感动，在撞击我看似平静的心灵，我知道，我被许多人的幸福感染了。连续七天来，在石柱县委办刘康副主任的邀请下，我在县委办胡璐科长的带领下，和报社记者隆太良老师一起，为完成一项比较重要的调研任务来到中益乡。为了保证调研的真实性，我们先后随意随机地走遍了中益乡七个村，见到了许多美景，更无意间邂逅了许多在春天里向上奔跑的人。

在调研走访中，我被这些美景所感动，更被这些奔跑的人和他们奔跑的故事所深深感动。我希望自己笨拙的笔就是爱弥儿·左拉的自然主义神笔，能像电视台那些知名记者手中的摄像机一样，准确清晰摄录下我所见到的这些奔跑的人的某时某刻——无需任何优美配词，只需看到他们奔跑的姿态和语言，就能明白他们的幸福是从心尖弥漫开来的。后来，在石柱大地上偶尔行走，或者与在乡村脱贫的旧同事、新朋友交谈，与曾经因为文学而结识的天南地北的文友网聊，我更加明白，在阳光的照耀下，这种春天向上的精神，不仅是在华溪村、在中益乡，在石柱县、在重庆市、在整个中国大地上，都有许多人在践行这种让人奋发向前的精神。

我想，必须勇敢地尝试用文字拍摄记录这些感人的画面。但是，这些让我感动的人一直簇拥在我的脑海和心田，我一直无法通过文字让他们真正像纪录片一般地走出来。我对自己笨拙的文字能力充满了清晰的认知，我的文字就像金庸笔下段誉使的六脉神剑一样，时灵时愚，有时有一点优美、勉强可以出厅知客，绝大多数时间却是愚笨至极、只能自禁于陋室。有过写作经验的人都知道，这种极不稳定的文字状态，体现的是作者本身功底的不足，是邯郸学步后的尴尬与迷茫，更是曾经很长一段时间的浮夸浮躁、故步自封与不思进取，这是写作的大忌，也是写作者感到最痛苦的。

2

正是由于对文字的不自信，空气中便有一种神秘力量，让我无法像初生牛犊那样行笔如流水且能在溪流两岸多植鸟语花香。尽管我一直在感动，却因对自己笨拙文字的恐惧而无力提笔，我甚至更加担心写出来后，会让我愧对这些让我感动的人们。于是，我一直借口事务繁忙、上班考勤严格、偶尔失眠头昏、中年之暮初现眼花等不特定因素，迟迟不敢提笔，其中工作繁忙导致无法抽空下乡采访、惟恐文笔臭弹频发，算是写作拖延症的两个最美理由。但是，到了暑假，我发现我依然害怕动笔，这才终于明白，其实拖延的真正原因只有一个：便是我一直都觉得，年前就曾动笔写的那两三万字初稿更像小学生作文，比我至今能记得的我小学时写的第一篇一百多字作文《阳光》强不了多少。同时我又充满自知，知道用文字来拍摄这些感人的画面，是一件非常艰难的事。

其实，早在2019年，从夏天开始，我和刘剑师兄、重庆几个影视编导朋友以及一些县内外作家，先后五次去了中益乡和华溪村。每次去，我都有一种新的感受，知道此前曾经见过的一些人和景，他们的变化都是实实在在的，都是在奔跑着的。"如今党的政策好，我要努力向前跑。"这句发自中益乡人民心中的共同心声和铮铮誓言，正成为推动许多人向前奔跑的不懈动力。

正因为感动于所有人的奔跑，所以我年前拟定的初稿标题，便是《向前跑》。然而，2020年春天在金溪沟，我看到"阳光向下照耀、春天向上奋发"的美丽景象后，便决定将书名改为《春天向上》。我想，党的政策就是春天的一束束阳光，所有深入乡村开展脱贫攻坚工作的党员干部、企业家、爱心人士和志愿者们，都是下

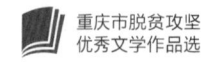

沉到大地上的将阳光照耀到家家户户的朵朵白云，是他们将党的好政策传递到乡村，让大地上的所有人都在春天中蓬勃向上。

3

我决定写下我见到的无数向上的乡村人物。可是如何在一部书中将这些来自不同地域、不同领域，似乎也没多少联系的人物有机地串联起来，让读者阅读起来有一种快速读完的快感，或者说，让读者读起来并不觉得断断续续，这实在是需要一种高难度的技巧。

2019年，我在写作以歌颂心中"美德乌托邦"——坊城的长篇小说《九仙桥》中，因为困惑于无数个松散型独立人物的"连接"，曾经向知名作家阿炳老师等请教过关于这种类型的长篇小说写作的最好结构。当然，我至今仍在如何更好地掌控这种结构的痛苦中，以至于写了五万多字共三座仙桥的九个主要人物后，对结构不太满意的我，只能像拼积木一样，不停地推翻重组，不停地先是满意与自豪，然后便是失望与沮丧——假如写作用的不是电脑，用的是许多年前传统的纸张，我很可能因为一时失望将它们揉成纸团，像美丽长虹般的弧线飞入垃圾箱，或者索性划亮一根火柴，让它们熊熊燃烧成为灰烬，而今，面对电脑这个庞然大物，我再怎么沮丧，也不可能丧失理智将它举起掷毁，何况它一直都是我家里我心中最贵的家电。

不过，有了写作《九仙桥》的这种痛苦与经验，我在此次写作时，为了方便读者阅读，便一直希望通过一个"线结"——这个既可以是一个人和一件平凡普通的事，也可以是一个尖锐的矛盾与冲突，从而将这些感动的人一个接一个地自然地连接起来，用更文艺的小说或散文的方法来写作这本书。为了提高自己担忧的文字水平，提升文字写作和结构掌握能力，我在网上购买了一些书"快速充电"，并向一些写作大师真诚请教，试图通过阅读和请教迅速打通我的"任督二脉";可惜我这个现实中的人物,居然连金庸先生虚构的花花公子段誉都赶不上。我知道,这种平时懒惰、"临时充电"的效果并不明显,但只要我的努力能有效提高本书的阅读性,不至于"任督二脉"未打通反倒成了学步邯郸者,就算是不虚此思此学。

4

感谢市委宣传部、市扶贫办、市作协、重庆出版集团等部门和单位的领导和老师们,是你们用不断的鼓励,让我能够最终完成此稿!感谢重庆师范大学张家恕教授的真诚指导,让我能顺利完成修改!感谢石柱县内为我提供线索和采访帮助的所有人,感谢重庆文学院的叶仁军等同学、重庆日报记者彭瑜和重庆晚报副刊部微信群里的谢子清等文友,感谢鲁迅文学院民族班的段绍东、莫永忠等同学,感谢他们在百忙之中友情提供相关素材和基础美文!

感谢我在采写中遇到的所有人(特别感谢隆太良老师提供的帮助),是你们用在春天里不停向上的笑容和幸福,让我在文字的自卑与困顿中,增添了向你们学习并拿起笔来写作的信心与勇气!

人生中,有你们真美!

人海里,有你们真好!

2020年7月30日初稿
9月20日修改